소통 말통

소통 말통

김다은 지음

상수리

책머리에

소통 때문에 고통 받는 이가 많습니다.
내 말이 왜 타인을 고통스럽게 할까요?
타인의 말은 왜 나를 고통스럽게 할까요?
좋은 뜻으로 말했을 때조차 부정적으로 받아들여지는 이유는 무엇일까요?
가족이나 친구, 소중한 사람들 사이에서 말은 끊임없이 생채기를 냅니다.

소통이 잘 되기를 간절히 원합니다.
그런데도 말만하면 곧잘 문제가 생기니, 사람이 문제이기에 앞서 혹시 말이 문제인 것은 아닐까요?
두통 치통처럼, 말통이 있는 것은 아닐까요?
말통의 증상을 이해하면 상대를 조금 덜 탓하게 될까요?

완전한 소통이 가능하다면 어떨까요?
우리 모두의 말이 100% 막힘없이 전달되면,
지구상에 존재하는 모든 사람들의 몸을 하나로 연결하여
하나의 정신으로 살아가면 될까요?
소통이 어렵다는 것은 우리가 개성을 가진 개인으로 존재

한다는 뜻이 아닐까요?

삶을 사유하는 방식이 저마다 다르듯이 언어를 감지하는 것 또한 다른 탓이겠지요.

소통은 언어를 사이에 둔 밀당이자 썸입니다.

말통 때문에 때로 안타깝고 고통스럽지만,

그 불완전한 여정이 도리어 우리를 연결해줍니다.

소통이 불완전하기에 우리는 애타게 그리워하며 사랑도 합니다.

인생은 바람과 풍랑과 물새들이 함께 항해하는 언어의 바다입니다.

소통 때문에 괴로워하는 모든 분들에게 이 책을 바칩니다.

객주문학관에서 집필했습니다.

2017년 8월

김 다 은

차례

터치하다

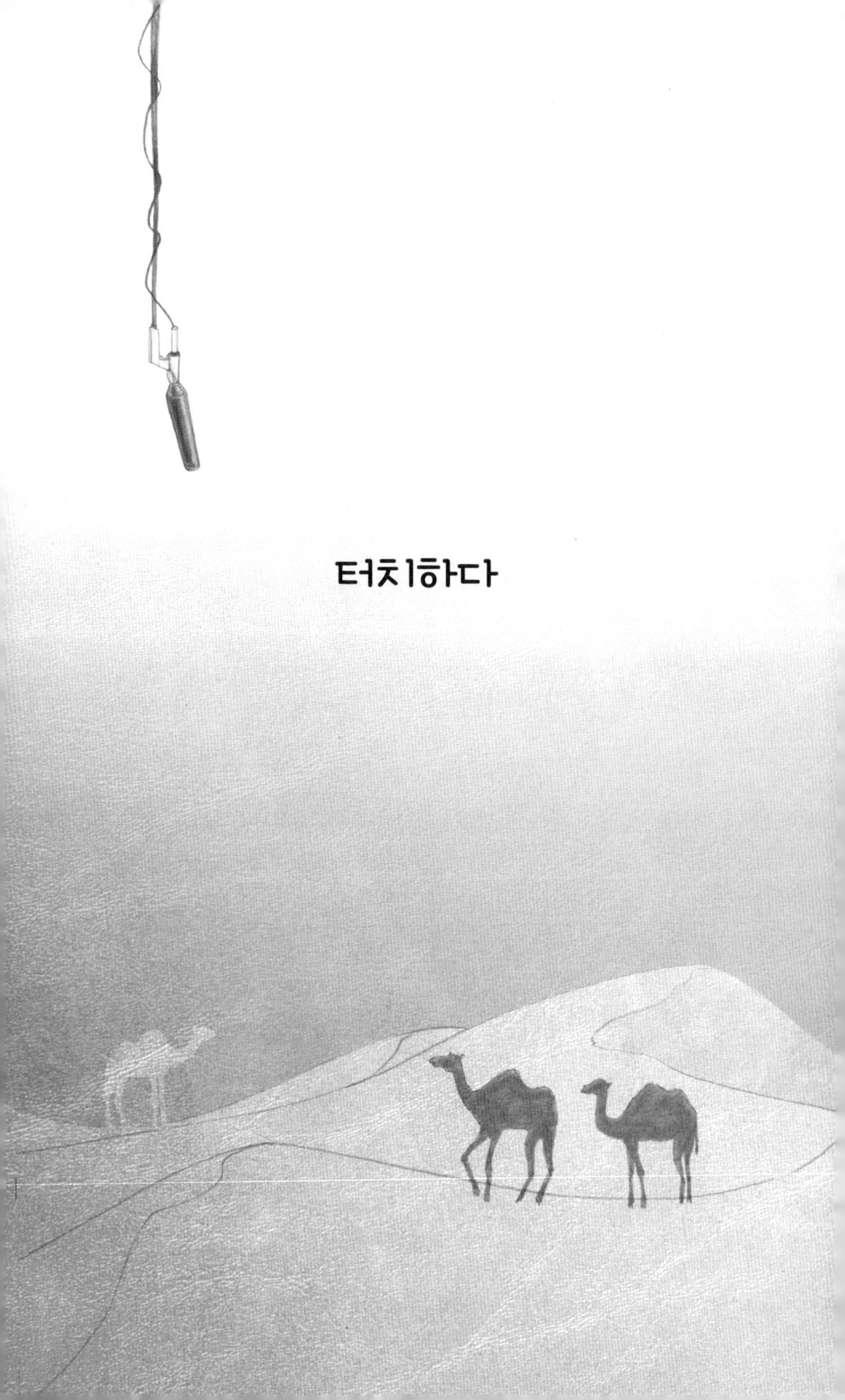

1

우르르 몰려 교실을 빠져나가고 있다. 배고픔에 조급해진 무리 속에 섞여 급식소로 가려던 참이다. 반장이 손짓으로 나를 불러 세운다. '통' 이름을 말씀드리러 교장실에 가는데 함께 가잔다. 배가 저항하듯 꼬르륵거린다. 반장이 혼자 밥 먹기를 끔찍이 싫어하는 것을 아는지라 거절하지 못하고, 동행한다.

올해 가장 바라는 것이 무엇인가?

학교에서 뜬금없는 설문조사를 했다. 우리가 원하는 것을 물어보다니! 모두들 함정이 있다고 생각했을까. 그래서 성적, 이성 친구, 게임기나 드론 등 진짜 속마음을 숨기고 엉뚱한 바람을 적은 것일까. 예상을 깨고 1위로 등극한 것이 '소통'이었다. 부모님이나 선생님과 의사소통이 제대로 되었으면 좋겠다는 의견이 절반을 넘었다. 나 또한 말이 좀 통하는 세상에 살았으면 하는 데 한 표를 던졌으니, 다들 진심이었을까.

그럼 그렇지. 얼마 후 학교에서 내놓은 대책은 참으로 대책

없어 보였다. 교장실 앞에 비루한 양철통 하나가 매달렸을 뿐이다. 정체가 불분명한 못생긴 양철통 중앙에 입술 모양의 구멍을 뚫어 놓았다. 소통을 위한 굿 아이디어가 있으면 언제든지 적어서 넣어 달라고 했다. 비방이나 고자질하는 글은 안 되며, 실명이어야 접수가 된다고 했다. 좋은 해결책도 아닌 것 같았고 좋은 아이디어를 넣을 학생이 있을 것 같지도 않았다.

전교생의 관심이 양철통에 집중된 계기는 이름 때문이었다. 학교에서 통 이름을 공모한 것이다. 각 반에서 논의를 통해 통 이름을 제출하면 뽑힌 반에게는 상을 내리겠다고 했다. 축구공 하나를 따내기 위해 우리 반도 상당히 소란스러웠다. 입동냥, 돌출입, 입생로랑, 입방아, 심지어 소통하려면 서로 입을 맞출 줄 알아야 한다며 입맞춤까지 나왔다. 난상토론 끝에 이름을 결정했고, 반장과 나는 담임께 결과를 말씀드리러 갔던 것이다.

식당에 도착하니, 점심시간은 10분 정도 남아 있었다. 점심을 밀어 넣기에는 간당간당한 시간이다. 서둘러 반찬들을 수북이 식판에 담아 입구 쪽에 앉는다. 학생들은 식사를 거의 끝냈고, 봉사 활동하는 친구들 서너 명만이 떨어진 젓가락과 흘린 음식들로 지저분한 테이블을 정리하고 있다. 식사가 늦어진 것은 통 이름을 전달하는 여정이 조금 꼬였기 때문이다. 교무실에 갔더니 담임 모습은 보이지 않았고, 급식소로 오던 길에 교장실 앞의 '통'을 구경하게 되었다. 마침 문을 열고 나오던 교장 선생님이 우리를 발견했다. 반장이 절도 있게 교장 선생님께 90° 각도의 절을 하더니, 막 훈련을 끝낸 훈련병처럼 아랫배에 힘을 넣어 씩씩하게 말했다.

"교장 선생님! 2학년 4반은 '말통'으로 정했습니다. 말이 잘 통하라고 말입니다. 우리 반이 우승 가능성이 있는지 알고 싶습니다."

"심사를 거쳐 수상 학급을 정하겠지만, 말통도 상당히 잘 지은 이름이다."

사실, 말통의 진짜 의미는 반장의 설명과 전혀 다른 것이었다. 상을 타기 위해 듣기 좋게 포장하기로 반 전체가 합의했던 것이다. 2학년 4반 소속이라는 것을 확인한 교장 선생님은 잠시 교장실로 들어오라고 하셨다. 쭈뼛쭈뼛, 우리는 따라 들어갔다. 교장 선생님과 학생들의 대면은 드문 일인지라, 소통을 위한 노력의 일환인 듯싶었다.

"반 분위기는 어떠냐?"

"반 분위기요? 소통요?"

"어떤 것이든지……."

반장은 국어 시간은 시간이 어떻게 가는지 모른다(녀석은 국어 쌤을 짝사랑하고 있다!), 어떤 수업은 종이 쳐도 끝나질 않는다, 수업 시간에 열의는 고맙지만 화장실 갈 시간이 부족하다는 식의 하나마나한 이야기를 늘어놓았다. 나는 점심시간을 조금 앞당기고 10분 정도 늘려 주면 좋겠다는 의견을 내놓으려 입을 달싹하다 그만두었다. 이번 달은 우리 학년이 제일 늦게 밥을 먹는 순서라 더욱 배가 고팠다. 게다가 후다닥 먹고 나면 숨 돌릴 틈도 없이 수업이 시작되었다.

우리는 교장실에서 그렇게 물러났다. 반장은 교장 선생님과의 대화에서 자신의 의견을 피력하고 나온 것이 뿌듯한지 얼굴이 상기되어 급기야 배가 고프지 않다고 말했다. 점심시간이 거의 다 지나가고 있었다. 반장은 점심을 거를 심산이었다. 나는 배가 고팠고, 반장은 교실로 나는 식당으로 향했다. 반장 혼자 밥 먹게 하지 않기 위해 동행했으나, 반장은 도리어 나 혼자 밥을 먹게 만든 셈이다.

식당으로 들어오시는 담임 선생님이 보인다. 배식대로 가서 대강 식판을 채우고 자리를 살피던 담임은 힐끗 나를 본 것 같았고, 내가 엉거주춤 일어나 인사하는 것도 본 것 같았으나 반가운 기색은커녕 알은 체도 않는다. 도로 주저앉아 밥을 급하게 퍼 넣는다. 담임이 식판을 들고 내 쪽을 다가오기에, 반가운 듯 일어나 다시 인사를 한다. 내 앞자리에 식판을 턱 하니 놓고 앉은 담임은 나를 투명 인간 취급이다. 살가운 선생님은 아니지만, 그렇다고 이렇게 대놓고 박대를 하거나 무감각한 분은 아닌데…… 일에 쫓기시다가 늦게 도착해서 기분이 정리가 되지 않은…… 표정이다.

"선생님, 우리 반은 말통으로 정했어요."

담임은 대꾸하지 않는다. 나는 무색해져 다시 급하게 밥을 입에 끌어넣는다. 사실, 말통은 '말 때문에 고통스럽다'는 뜻에서 나온 표현이었다. 두통이나 치통처럼, 말이 통하지 않으면 우리는 통증을 심하게 느꼈다. 그 병명을 우리가 말통이라고 붙인 것이다. 내가 안중에도 없는 담임의 태도가 찜찜하지만, 통 이름을 전달하는 임무를 수행한 셈이다. 물론 우리끼리만 알기로 한 통의 진짜 의미를 발설할 수는 없다.

"교장 선생님도 말통이 꽤 좋은 이름이라고 하셨어요."

담임의 시선이 식판에서 천천히 올라온다. 눈빛은 내가 알고 있는 것보다 혼탁하다. 앞에 앉은 사람을 이제야 알아본

듯 쳐다본다. 이윽고 머리를 한 번 흔든 담임은 눈을 가늘게 뜨고 턱을 내밀며 묻는다.

"교장 선생님?"

"네. 교무실에 갔는데, 선생님은 안 계시고, 마침 교장 선생님을 만났어요. 우리 반의 '말통' 이야기를 했더니, 교장실에 들어오라고 하셔서 반장과 같이 들어갔어요."

"무슨 말씀을 하셨지?"

"그냥, 우리가 공부하는데 어려움은 없는지 물으셨어요."

나는 교장실에서 오고간 이야기를 그대로 전한다. 목이 거북이처럼 앞쪽으로 빠져나온 담임의 얼굴색이 점점 창백해진다. 5교시 예비 종소리를 이미 들었는데…… 수업에 늦을까봐 조바심이 난다. 담임은 식사를 거의 못한 상태고, 나는 거의 끝낸 상태다. 나는 마지막 숟가락을 욱여넣고 식판을 들고 일어난다.

"너, 다시 앉아."

엉거주춤 식판을 테이블 위에 내려놓고 자리에 앉는다. 저쪽에서, 영양사가 고개를 빼고 우리 쪽을 쳐다보고 있다.

"다음 수업이 뭐지?"

"5교시는 물리인데요."

"왜 교장 선생님을 찾아갔다고 했지? 더구나 반장이랑 같이 갔다고 했지?"

"교장 선생님을 찾아간 것이 아니라 선생님을 찾아갔어요. 선생님이 안 계셔서 돌아 나오는데 교장 선생님을 만났고요. 그런데 교장 선생님이 우리를 교장실로 오라고 하신 것뿐이에요."

"교장 선생님이 너희들을 보자고 한 것은……, 그런데 반장은 어디 갔어?"

"반장은 교실로 돌아갔어요."

"반장은 교실로 돌아갔는데, 너는 식당으로 온 이유가 뭐야?"

"점심 먹으려고요."

어처구니가 없어 목이 꽉 멘다. 여느 때의 담임의 모습과는 거리가 멀다. 이렇게 어이없는 질문을 던지다니. 날씨 탓일까, 오늘은 왠지 담임이 다른 사람 같다. 식탁에는 침묵이 흐른다. 수업 벨이 울리자, 담임은 화들짝 정신이 돌아온 듯 갑자기 교실을 향해 손을 급하게 흔든다. 나는 교실을 향해 뛰기 시작한다. 힐끗 돌아보니, 웬일인지 담임은 괴로운 듯 얼굴을 두 손으로 감싸고 주저앉아 있다.

2

1kg의 솜덩어리와 1kg의 돌덩어리 중에 어느 것이 더 무거울까?

5교시 수업은 어떤 과목이든지 간에 학생들에게는 지옥이다. 아침을 대강 때우거나 굶다시피 등교한 후 허기에 시달리다가 급하게 점심을 먹고 나면…… 여지없는 졸음이 쏟아진다. 눈꺼풀이 무겁게 내려올수록 선생님의 말씀에 집중하려고 더 애를 쓴다.

똑같은 1kg인데 어떻게 무게가 다를까. 어느 것이 더 무거울까. 둘 다 무겁다. 양쪽 눈꺼풀 둘 다…… 무겁다. 1kg의 솜뭉치와 1kg의 돌덩이가 눈꺼풀에 각각 매달렸나, 눈꺼풀이 내려온다. 아, 죄 없는 손등을 사정없이 꼬집는다. 허벅지를 볼펜으로 마구 찔러대도 소용없다. 물리 선생님이 다른 문제로 넘어가려고 할 때, 고개가 심하게 꺾였다가 올라온다. 발버둥을 쳐도 급습한 잠의 손아귀에 붙잡힌 몸은 손가락 하나도 움직일 수가 없다.

"우체국에서…… 혀를 빌려주던…… 남자가…… 또르르…… 또르르르……."

한순간 모스 부호처럼 귓속을 파고드는 목소리가 있다. 또르르 또르르, 아, 이 목소리는…… 예강이다. 마비되어 꼼짝 않던 몸이 스르르 풀린다. 찰진 목소리의 주인을 찾아 앞쪽을 응시한다. 학생들의 등짝들도 꿈틀거리며 일어난다.

들어보니 우체국에서 혀를 빌려주는 남자 이야기다. 하루에 몇 번이나 우표를 위해 혀를 빌려 줄까? 난센스 퀴즈를 풀고 있었던 것일까. 그런데 이의가 제기된 모양이다. 물리 선생님이 약간 신경질적으로 반응하고 있다.

"그런 직업이 있었느냐 없었느냐가 문제가 아니다."

"그런 직업이 없는데 어떻게 그런 문제가 성립돼요?"

물리 선생님과 예강의 설전에 꿈길을 허우적대다 돌아온 눈들이 말똥말똥해지고 있다.

"세상에는 우리가 모르는 직업이 많다. 예강아, 너는 미래에 무엇이 되고 싶으냐?"

아, 궁지에 몰리면 어른들이 우리에게 곧잘 던지는 질문이 아닌가. 우리가 무엇이 되고 싶은지 제대로 대답할 준비가 되어 있지 않음을 꿰뚫고 있기 때문이다. 예강은 똑 부러지는 소리로 그런 예상을 뒤엎는다.

"TV에 '우리말 겨루기'라는 프로그램이 있잖아요. 그 프로그램에 사용할 단어들을 선별하는 일을 하고 싶어요."

"그럼 네가 만든 퀴즈 단어를 출연자들이 몇 개나 맞힐 수 있을 것 같니?"

누가 봐도 억지스러운 말이다. 하지만 우리는 옆길로 샐 수 없이기에 집중도가 높아진다. 무엇보다 예강의 목소리에 내 심장이 무척이나 기뻐한다. 그녀의 목소리만 들으면 심장이 특별나게 반응하는 이유가 있다. 국어 시간에 각자 좋아하는 단어와 이유를 설명하는 순간이 있었다. 드론, 힙합, 사랑, 미소, 밤, 학생들은 누구나 떠올릴 수 있는 단어들을 뱉어냈다. 예강은 명사가 아닌 동사인 '터치하다!'를 내놓았다. "사람의 영혼을 터치할 수 있는 사람이 되고 싶어요. 평범한 것을 특별하게 느끼게 만들어 주는 사람이요." 그 말을 하면서, 그녀가 내 심장을 터치한 것이 분명했다. 그 후로 그녀의 목소리만 들으면 심장이 설명할 수 없는 이상 반응을 보였기 때문이다.

극심한 졸음에서 나를 깨운 것도 예강의 목소리다. 어, ㈏라는 놈이 내 감정을 읽은 것이 틀림없다. ㈏는 내 의지와 상관없이 다른 방향으로 곧잘 튀는데, 여자애와 관련된 것은 하나같이 나하고 생각이 같다. 아니 나보다 앞서 나간다. ㈏

는 몸 안에서 주체할 수 없이 흥분한다. 심장이 옆 사람에게 들릴 정도로 펄떡 펌프질을 한다. 벌겋게 달아오른 내 얼굴을 들킨 게 틀림없다. 선생님의 시선이 달뜬 내 얼굴 쪽으로 옮겨왔기 때문이다.

"문복아, 너는 뭐가 되고 싶으냐?"

예강이 고개를 돌려 이쪽을 보고 있다.

"소리 만드는 사람이 되고 싶어요."

순간 예기치 않은 말이 내 입에서 터져 나왔다. 평소 나는 말없기로 둘째라면 서러울 정도다. 그런 내가 너무 용감했던 모양이다. 돌변한 내 반응에 교실 전체가 놀란 분위기다. 힙합가수? 누군가의 반문에 친구들이 와 하고 웃는다. 나 같은 샌님이 상상할 수 없는 꿈이라는 식이다. 판소리꾼? 소음 측정가? 사방에서 억측들이 튀어나온다. 말을 뱉어 놓고 나는 후회스러웠다. 진심을 내비쳤다가 집에서 당했던 기억이 되살아났기 때문이다. 다시는 입 밖에 내지 않을 생각이었다. 한데, 예강을 의식하는 바람에 내 속내가 부지불식간 튀어나오고 만 것이다. 말솜씨도 없고 당황한 나를 대신해서, (나)라는 놈이 불쑥 나서서 그럴싸한 설명을 덧붙인다.

"영화 '올드보이'에서 배우 최민식이 산낙지 먹을 때 내는 소리 있잖아요. 그건 사실 가짜 소리거든요. 하지만 사람들은 진짜 소리처럼 들어요. …… 그런 류의 소리들을 만드는 사람이 되고 싶어요."

예강의 눈이 검은 진주처럼 빛을 발하고 있다. 물리 선생님은 그런 직업을 효과맨이라고 부르지 아마, 하며 말끝을 흐린다. 산낙지 먹을 때의 소리는 어떻게 만드느냐, 고 묻는다. 비닐에 토마토케첩을 발라 손으로 문대면 나는 소리라고 나는 대답한다. 학생들은 뜻밖이라는 눈치다. 수업을 마치는 벨이 울린다. 물리 선생님은 화이트보드 위의 문제들을 지우려고 한다. 그때 뒤쪽에서 묵직한 중저음의 목소리가 들린다.

"혀를 빌려주는 남자 문제, 아직 안 풀었는데요."

예강의 몸이 뒤로 돌더니 니모 쪽으로 방향을 바꾼다. 선생님은 힐끗 손목시계를 보며 시간이 없다는 몸짓을 하고 사라진다. 니모는 우리보다 3살이나 많은데, 어릴 때 외국 생활을 했고 몸이 약해 일정 기간 쉬어서 늦어졌다고들 한다.

쉬는 시간에, 혀 사나이 문제가 정확하게 뭘 말하는 건지 물어보았다. 옆 좌석의 정구도 잘 모르겠다고 대꾸한다. 다른 학생들은 영화 효과음에 대해 아는 척들을 해댄다.

최고의 관심사는 단연 키스다. 영화 속 진하게 키스하는 장면에서 나는 묘한 소리가 진짜인지 가짜인지 설왕설래다. 키스 소리는 손등에 토마토케첩을 발라 입으로 빨면 되지만, 모르는 척 내버려둔다. 녀석들은 권투 장면에서 때리는 소리가 진짜인지 가짜인지 논쟁을 벌인다. 때리는 소리는 손바닥으로 돼지껍질을 치면 음을 생생하게 살릴 수 있다. 그런데 다음 수업을 위해 교실에 들어서던 영어 선생님이 버럭 소리를 지른다.

"누가 누구를 때린다는 거야. 누구야?"

오줌통을 비우고 급하게 돌아온 녀석들이나 창문턱에 걸터앉아 있다가 서둘러 자리에 앉던 녀석들이 영어 선생님의 불호령에 어리둥절해 쳐다본다. 선생님은 '때린다'라는 단어만 들은 모양이다. 교실에서 정말 폭력 사태가 일어났는지 작은 소리로 묻는 친구들도 있다. 몇 명이 슬그머니 내 쪽으로 고개를 돌렸고, 그들의 시선을 따라온 선생님의 눈이 나에게 꽂힌다.

"누굴 때릴 계획이라고?"

선생님들은 학교 폭력에 관한 한 대부분 노이로제에 걸려 있다. 다행히 반장이 일어나 경위를 설명한다. 선생님은 '효과'는 한국말이고 '맨'은 영어이니, 그런 짜깁기 영어를 해서는 안 된다고 지적한다. 그때 누군가가 작은 소리로 "호빵 맨도 있는 데요." 했다가, 영어 선생님의 날카로운 시선에 눌려 고개를 숙인다. "도어맨은 영어지?" 어디선가 기어들어가는 목소리가 들린다.

"그런 직업을 폴리 아티스트라고 하는 거야."

순간, 내 생애 가장 획기적인 일이 일어난 것이 틀림없었다. 폴리가 무슨 뜻인지는 몰라도, '아티스트'라는 표현을 나도 녀석들도 들었다. 아무리 설명해도 가족에게 내 꿈은 여태 '쓸데없는 짓'이었다. 한데, 영어 선생님이 '폴리 아티스트'라는 표현을 입에서 내뿜자 모든 것이 순식간에 달라졌다. 돼지비계나 때리며 소리를 내는 백정 같은 신분에서 고귀한 소망과 비전을 가진 예술가로 탈바꿈한 느낌이다. 내가 그대를 불러주니, 그대는 한 송이 꽃이 되었다. 김춘수의 시구가 비로소 이해된다. 새로운 이름을 불러주자마자, 내 미래의 직업은 한 떨기의 꽃이 되었다. 학생들의 반응에 영어 선생님도 마음이 흡족한지 칠판에 크게 영어를 갈긴다.

Jack Foley

잭 폴리는 할리우드에서 음향효과의 대가인데, 그의 이름에서 따온 것이 폴리 아티스트란다. 폴리 아티스트는 소리를 '창조'하는 아주 중요한 일이란다. 선생님의 설명에, 오~우, 늑대의 하울링을 여기저기 발한다. 몇몇 녀석들은 나를 돌아다보기도 한다. 학생들의 반응에 기분이 좋아진 선생님은 영화나 드라마 산업의 전망이 밝다며, 장래성이 있는 직업이라고 특별히 나를 격려한다. 아무리 설명해도 어머니나 아버지는 이해하지 못했던, 참으로 불확실한 내 미래의 직업이었다. 갑자기 별똥별이 하늘에서 빛을 내며 내려오더니 내 눈앞에서 펵펵펵 터지는 느낌이다. 화려하고 은성한 불꽃놀이처럼!

남은 수업 내내 나는 들떠 있었다. 소리를 창조하는 일! 내 미래의 직업이 아티스트다! 주변이 갑자기 환해지면서 수업에 집중이 되지 않는다. 수업에 집중하지 못하는 사람은 나만이 아닌 듯하다. 교실 천장에 거울들이 반사해낸 빛들이 이리저리 돌아다니고 있다. 영어 선생님은 열심히 조건문 만드는 법을 설명하고 있지만, 여학생들은 책 밑에 숨겨둔 거울이나 책상 속에 넣어 둔 거울을 수시로 꺼내 들여다본다. 그럴 때마다 거울의 반사가 만들어 내는 빛들이 산란이 되어 춤을 춘다. 거울 빛은 동그란 모양으로 천장에서 유리 창문 위로, 이 창문에서 저 창문 위로, 책상 위로, 바닥으로, 그리고 다시 천장으로 돌아다닌다. 마치 탁구공처럼 빠르게 움직일 때도 있다. 그러나 정작 나르시시즘에 빠진 여학생들은 거울이 얼마나 발랄한 풍경을 연출하는지 모른다. 반면에 수업에 엄청나게 집중하면서 책벌레 마냥 오로지 책만 들고파는 여학생들도 있다. 예강은 자신의 수첩에 무엇인가를 열심히 적고 있다.

3

지칠 대로 지친 오후, 소변을 보러 나간 몇몇 녀석을 제외하고는 잠의 융단 폭격이라도 당한 듯 다들 허물어져 있던 교실에 불길한 소식이 날아들었다. 어느 선생님의 자동차가 페인트칠을 당해 엉망이 되었다는 것이다. 쉬는 시간에 화장실에서 만난 옆 반 친구에게 들었다며 철희가 우리 담임의 차라고 제보를 한다. 마비된 교실이 순식간에 깨어난다. 정황상, 우리 담임의 차가 맞는 모양인데 그러니까…… 그런 나쁜 일이 있었던 것이다. 그 일로 선생님의 점심 식사가 늦어졌고, 속상한 상태에서 나와 대면을 했다. 교장 선생님도 그 사건 때문에 우리에게 반 분위기를 물으셨고, 그 말을 들은 담임은 기분이 더 상했다. 아귀가 딱딱 맞아떨어진다. 나에게 보였던 굳은 표정과 신경질적인 태도가 비로소 이해된다.

몇 명이 주차장에 내려갔다 오더니, 담임의 자동차에는 덮개가 씌워져 있다고 전한다. 학생들은 덮개 밑의 자동차에 대한 상상과 소문을 제 마음대로 펼친다. 페인트칠이 붉은색이라거나 검은색이라거나 여러 색깔로 칠갑을 해놓았다고도 한다. 어떤 녀석은 자동차가 CCTV의 사각지대에 있다는, 어떤 녀석은 교장실에서 범인의 증거물을 찾고 있다는, 교실에는 단숨에 여러 명의 수사 경찰이 시나리오를 써댄다. 달걀을 던져 자동차에 계란 프라이가 되어 있다는 주장까지 나온다. 기진했던 수업 시간과 달리, 10분의 쉬는 시간이 자동차 사건으로 더없이 활기차게 변했다.

오후 수업 시간표에 맞춰 선생님들이 차례로 들어온다. 어느 과목 선생님이건 오늘 따라 같은 류의 눈빛을 가지고 있다. 자동차 도색 사건이 터진 탓일 게다. 노골적이지는 않지만 적의에 찼거나, 의심을 품었지만 이를 숨긴 눈빛이다. 선생님들께서 우리의 시선을 피하는 느낌이 드니 집중이 되질 않는다. 게다가 수업 분위기도 조금씩 흔들린다. 오후 수업 시간이면 으레 어르고 달래고 반쯤 협박도 해가면서 우리를 학습 목표에 도달시키려고 온 힘을 다하시던 선생님들이 의욕도 없이 기운이 빠진 모습들이다. 그런 선생님들을 보니, 매일 기진한 우리를 잡고 수업하기가 예삿일이 아니었을 거라는 생각이 비로소 든다.

길고 긴 하루의 마지막 수업이 끝났다. 반장이 나를 다시 부른다. 식당에서 통 이름을 이미 담임에게 전했다고 말했더니, 자신의 역할을 뺏겼다고 여기는지 반장의 얼굴이 찌그러신다.

“야, 더러운 새끼! 인성부장이 너 찾아.”

‘더러운 새끼’는 기분이 좋거나 서로 격려하며 용기를 북돋을 때 ‘우리끼리’ 쓰는 표현이다. 이 순간에 그가 왜 이 애칭을 사용했는지 알 수 없지만, 오늘따라 그 말을 듣자 기분이 더럽다. 그래서 나도 되돌려준다.

“고맙다, 더러운 새끼! 인성부장이 나를 왜 보자고 한대?”

내 불편한 감정이 실린 탓일까 반장의 눈도 순간 희번덕인다.

“글쎄, 네 인성에 문제가 있나 보지.”

교무실 출입문에서 왼쪽 첫자리가 인성부장의 자리다. 퇴근 준비를 하던 선생님들의 시선이 한순간 내 쪽으로 쏠리는 듯하더니, 모르는 척 외면한다. 선생님들은 예민하고 속상한 상태 같다. 우리 담임의 차에 페인트 낙서가 되었다. 학생 중 누군가 선생에게 반기를 들었다는 뜻이다. 같은 교사로서 기분이 좋을 리가 없다. 인성부장을 따라 상담실로 들어간다.

“네 담임 선생님의 자동차에 장난을 친 사람을 찾고 있다. 혹시 아는 것이 없나 해서?”

“반장에게 물어보는 것이 어떠세요?”

"반장에게는 이미 물어보았다. 다음 차례로 너를 불러달라고 한 거다."

"왜 저를 부르셨어요?"

"네가 여러 깡통들을 모은다고 하던데, 혹여 학교에 페인트 통을 가져왔나 해서. 다른 아이들이 네 페인트 통에 손을 댔을 수도 있고 해서."

"페인트 통은 가져온 적 없는데요. 오늘 체육관 뒤쪽에 간 적도 없어요."

순간 인성부장의 표정이 굳어지더니 눈빛이 독사처럼 날카로워진다. 본능적으로 몸을 뒤로 뺀다.

"담임 선생님이 체육관 뒤쪽에 차를 세운다는 것을 알고 있었니?"

"네."

"다른 선생님들의 차들도 어디 세우는지, 다 알아?"

"아뇨. 담임 선생님 차만 알아요."

"어떻게?"

"그곳에 세우시는 것을 몇 번 보았거든요. 차에서 내리시는 선생님과 인사를 한 적도 있으니까요."

상담실 안은 잠깐 정적에 휩싸였다. 입을 먼저 연 것은 인성부장이다.

"담임 선생님 자동차에 페인트로 제트 모양의 글자를 휘갈긴 놈이 있다. (선생님은 이때 Z를 제트라고 발음했다. 나는 순간 항상 품고 있었던 궁금증에 대한 해답을 들은 것 같아 히죽 웃고 말았다.)

"왜 웃어?"

"선생님이 제트라고 발음하셨잖아요. 나는 Z의 발음이 항상 궁금했거든요. 언젠가 텔레비전에서 '마징가 제트(Z)'라고 발음하는 것을 들은 적이 있어요. 그런데 그 뒤 디엠제트(Z) 혹은 디엠지(DMZ)라고 발음해서 언제 제트로 발음하고 언제 지를 발음해야 하는지 궁금해 하고 있었거든요."

"말이 별로 없는 학생인 줄 알았는데, 말문을 여니 술술 잘 하네."

관심 있는 일에는 당연히 그렇다. 누구나 그럴 것이다.

"장난친 사람을 찾아내면 훈계나 교내 봉사 수준에서 마무리가 가능하다. 혹여 아는 것 없니? 본인은 원하지 않아도 주변에서 부추기면 어쩔 수 없이 할 수밖에 없거든."

인성부장은 우리 반의 누군가를 의심하고 있다. 하기야 우리 담임에게 그런 일이 일어났다면, 우리 반 학생들이 우선적으로 의심을 받을 수밖에 없다.

"네 나이 때는 별의별 장난을 다 치지. 나도 좀 과하다고 할 정도의 장난도 쳤지. 하지만 그 장난에 대해 솔직하게 인정하고 사과했기 때문에 어른들도 이해해주었던 거야. 사고를 치더라도 제대로 반성할 줄 안다면 양해가 되는 부분이 있거든."

카리스마를 다 내려놓고, 인성부장이 나를 자꾸 구슬리는 이유를 알 수 없다.

"선생님 차가 흰색인데 그 위에 검정 색으로 지(Z)를 그려놓으니 얼룩말 같다. 어떻게 선생님께서 화가 나시지 않겠냐?"

"이제는 지라고 발음하시네요. 담임 선생님 차는 흰색이 아니라 하늘색인데요."

"어, 하늘색인 것은 어떻게 알아?"

대화를 할수록 기분이 묘해진다. 인성부장은 담임의 차 색깔을 알면서도 나에게 흰색이라고 유도 심문을 한 것이다.

"정말 저를 부르신 이유가 뭐예요?"

"왜 영어 선생님에게 다짜고짜 Z의 발음에 대해 물어본 것이냐? 자동차에 갈겨져 있는 Z의 발음을 제대로 해보라고 영어 선생님께 요구한 게 사실이냐?"

아, 도대체 이게 무슨 말인가. 한 여학생이 거울을 들여다보며 딴짓을 하다가 결국 걸리고 말았다. 약간 화가 난 영어 선생님은 클레오파트라가 미모로 세계를 정복했다는 것은 거짓말이며, 알렉산드리아 도서관에서 어릴 적부터 철학과 시학은 물론 과학과 문학에 관련한 책을 총망라해 읽었다고 장황하게 설명했다. 특히 필요한 타국 언어들을 적극적으로 배워 상대방을 설득하고 자국의 이익을 위해 더없이 외교적으로 강한 여왕이 되었다고 했다. 그래서 클레오파트라같이 능력 있는 여성이 되고 싶으면 제발 수업 시간에 거울 보지 말고 영어에 집중하라고 강조했다. 선생님은 학생들의 산만한 태도에 감정이 상한 듯했다. 나에게 아티스트라는 아름다운 이름을 준 선생님! 왠지 미안한 느낌이 들었다. 그래서 선생님의 상한 마음을 위로하려고 정말이지 큰 용기를 냈다. Z의 발음을 어떻게 하느냐고 내가 허공에 크게 글자를 그리며 물었던 것이다. 그런데 앞서 나를 호의적으로 바라보던 영어 선생님의 표정이 갑자기 달라져 버렸던 것이다. 몽정을 처음 하고 빨랫감을 세탁 바구니에 던져 넣었던 날, 어머니가 보이시던 의심과 우윳빛이 뒤섞인 몽롱한 눈빛과 비슷했다. 선생님은 그 발음에 대해 설명을 하지도 않았지만, 수업 내내 학생들의 시선을 피하는 것 같기도 했다. 나는 볼멘소리로 인성부장에게 대답한다.

"저는 자동차에 갈겨진 Z의 발음이 아니라, 그냥 Z 발음을 물은 건데요."

"교실로 돌아가도록! 아, 참! 너희들이 부르는 담임 선생님 별명이 뭐지?"

"지랄공. 선생님 성이 '지' 씨여서……."

나는 별명에 대한 보충 설명을 할 생각이었지만, 인성부장은 그런 틈을 주지 않고 자리에서 벌떡 일어난다.

"돌아가도록."

인성부장은 서둘러 상담실을 나가버린다. 나는 그 자리에 못 박힌 듯 서 있다. 지랄공에 대한 보충 설명을 했어야만 했는데……. 우리 반의 성적이 전교 1등이라며, 담임이 매우 기뻐하시며 조례를 한 날이 있었다. 담임은 기분이 좋아 흥분 상태로 룰루랄라 노래를 하면서 나갔는데, 복도에서 삐끗 발목을 접질려 한동안 깁스를 하고 다리를 절고 다녔다. 그 모습을 보며, 우리는 담임의 그동안의 노고에 감사하며 더 열심히 공부하자는 의미에서 별명을 하나 지어 드렸다. 즉 지랄공((지) 선생님이 룰루(랄)라 하다가 발목을 다치셨으니 우리가 더 열심히 (공)부해서 기쁘게 해드리자).

나는 상담실을 빠져나온다. 심정이 복잡하다. 사연을 모르는 인성부장은 우리가 담임을 욕되게 하는 별명을 붙였다고 생각할 것이다. 더구나 자동차에 그려진 글자가 Z이고, 이 발음이 어느 때 제트이고 어느 경우 지인지 궁금해하는 내가 어쩌면 관련이 있을지도 모른다는 추측을 한 듯하다. 어른들은 마음대로 생각하고, 마음대로 연결하고, 마음대로 결정한다. 내 속의 (나)는 웬일인지 잠잠하다. 참으로 긴 하루의 해가 내 마음 저편으로 지고 있다.

4

아침부터 내리기 시작한 비가 멈추질 않는다. 일요일이니 어머니는 교회에 가셨을 것이다. 아버지와 맞닥뜨릴까 봐, 나는 방안에만 죽치고 있다. 대부분의 시간을 나는 혼자 방에서 보낸다. 어머니는 누나가 외로울까 봐 나를 낳았다고 했다. 나는 누나의 외로움을 줄여 줄 의무가 있지만, 누나는 누구에게나 사랑받아 외로울 틈이 없다. 외로운 사람은 항상 나다. 나의 외로움을 위해 태어난 동생도 없다.

"상희야!"

웬일로 누나가 일요일에 집에 붙어 있는 모양이다. 아버지가 소리 높여 누나를 부르니, 긴장감이 올라온다. 아버지와 내가 소원해진 것이 이런 식으로 시작되었기 때문이다. 벌써 2년이나 되었다. 그날도 나는 방에 틀어박혀 있었다. 식구들이 모두 집에 있었으니 오늘처럼 일요일이었을 테고, 어머니가 집에 계셨으니 교회에서 돌아온 오후 시간이었다. 지금처럼 거실에서 아버지의 목소리가 크게 들렸었다. 그때는 아버지가 어머니를 부르는 소리였다.

그런데 방안에서도 무슨 내용인지 알아차릴 만큼 두 분의 대화가 소란스러워졌다. 애견 '초롱'을 부르는 소리가 들렸고, 문에 귀를 대니 얼핏 "어디 있어?"라는 소리도 들렸다. 짐작컨대, 초롱이가 관심을 끌려고 뭔가를 물어다가 숨겼고, 그것 때문에 두 분이 다투시는 것 같았다. 어른들이 심각해하는 것들이 때로 너무도 사소한 것이어서 나는 별로 신경 쓰지 않고 책상으로 돌아왔었다. 시간이 지나도 아버지께서 점점 더 역정을 내시는 듯해서 도대체 무엇을 찾는가 하여 다시 귀를 쫑긋거려 보았다. '개털이'라는 단어가 얼핏 들렸다. 집안의 개털 때문에 싸우시는 듯했다.

그러다가 갑자기 내 방문을 두드리는 노크 소리가 들렸다. 나는 불똥이 튈까 봐 조심스럽게 문을 열었다. 어머니였다. 그 뒤로 아버지도 갑자기 모습을 드러냈다. 두 분은 내 방으로 밀고 들어왔고, 아무런 설명 없이 이리저리 방안을 둘러봤다. 아버지가 찾아낸 것은 평소에 잘 신지 않던 당신의 회색 슬리퍼였다. 슬리퍼가 보이지 않자 아버지는 어머니를 타박하기 시작했고, 급기야 소리가 높아졌고, 범인으로 지목된 초롱이가 문밖으로 쫓겨난 뒤의 상황이라고 했다. 아버지는 이왕 들어온 김에 내 방의 수색을 계속했다. 마침내 아버지의 손에 들려 올려진 두 번째 물건은 재떨이였다. 어머니 말로는, '초롱'이를 마당으로 쫓아낸 아버지가 속상한 마음에 끊었던 담배를 한 대 피울 량으로 재떨이를 찾으셨단다. 그런데 이번에는 재떨이가 보이지 않았다고 했다. 개가 턱의 힘이 아무리 세기로 맛도 없는 무거운 재떨이를 물고 다녔을 리는 만무했다. 그렇다면 재떨이를 옮겨놓을 수 있는 것은 사람뿐인데, 집안에 어머니와 아버지를 제하고 나면 누나와 나뿐이다.

누나가 재떨이를 손댈 이유가 없다고 생각한 두 분은 나에게 혐의를 두고 공동작전을 폈던 것이다. 어머니가 내 방문을 노크했고 그다음 아버지가 들이닥쳤는데, 재수 없게도 그 두 물건은 내 방에 있었다. '개털이'가 아니라 재떨이였던 것이다. 내 방에서 재떨이를 발견한 아버지는 일생 본적이 없는 무술을 펼쳤다. 내 앞으로 재떨이가 휙 날아와 내가 선 벽 뒤에 사정없이 부딪힌 것이다. 아버지는 내가 몰래 담배를 피우고 있다고 여겼던 모양이다. 아, 산산이 부서진 재떨이여!

이후 아버지와 나의 관계는 완전히 틀어져 버렸다. 아버지가 상상하듯 혹은 의심하듯, 내가 담배 따위를 시도했겠는가. 내 호기심은 다른 곳에 있었다. 사실 아버지 소유의 물건들이 내 방에 죽치고 있는 것에는 일말의 책임이 있긴 하다. 슬리퍼는 초롱이가 물어다 놓았거나 내가 무심코 끌고 들어

왔을 수도 있있지만, 제자리에 돌려놓지 않은 것이다. 하지만 아버지의 크리스털 재떨이는 달랐다. 숟가락으로 치면 여러 가지 소리를 냈다. 안에 구슬을 넣고 쳐보고, 안에 물을 담고 쳐보고, 안에 종이를 넣고 치면서, 소리의 스펙트럼을 관찰하곤 했다. 소위 연구용이었다. 나는 억울한 심정을 하소연했지만, 화가 머리 꼭대기까지 난 아버지는 당신의 오해를 시인하지 않았다.

그때 나는 더 이상 고분고분한 아들이고 싶어 하지 않는 (나)를 처음 발견했다. 왜 그 순간에 (나)가 내 안에서 생겨났는지 확실하게 알 수 없지만, (나)는 아버지에게 반항하고자 하는 내 의지를 더 강하게 만들어 주었다. (나)는 나서서 사과할 일이 아니라고 나에게 극력 주장했다. 사실 내가 사과한다는 것은 담배를 피웠다고 거짓 자백을 하는 것과 다름없었다.

어머니의 입을 빌려 들은 아버지의 논리는 내 마음을 더욱 완강히 닫아 버리게 만들었다. 부모가 싸우는 소리를 들었을 텐데 내다보지도 않았고, 심지어 초롱이가 슬리퍼의 범인으로 몰려 쫓겨나는데도 침묵했으며, 재떨이가 발견된 상황에서도 담배를 피우지 않았다니 그 말은 100% 믿을 수 없고,

백번 양보하여 설령 피우지 않았다 해도 아버지 물건을 허락 없이 마음대로 가져간 것부터가 잘못이라고 했다.

그런 식으로 따지자면, 아버지는 천 스물 가지쯤의 잘못을 했다. 조목조목 따져 억울함으로 벽돌을 굽는다면 만리장성을 쌓고도 남을 터였다. 구차하게 일일이 나열하지는 않겠다. 어머니가 더 힘든 존재였다. 어머니는 내 편인 듯이 나를 구슬리다가도, 마지막에는 어김없이 아버지께 그리해서는 안 된다는 식으로 유유히 돌아섰다. 더구나 나 때문에 미움을 받았다고 여긴 똥개는 지금도 나를 보면 꼬리를 아래로 깔고 슬금슬금 눈치를 보면서 피한다. 당시 슬리퍼와 재떨이 때문에 발생한 오해는 내 속에서 잠자던 분노를 일으켰다. 나는 손으로 벽을 쳤고, 그 때문에 나는 손에 2주 정도 깁스를 하는 타박상을 입었다.

재떨이 사건으로, 아버지와는 급격하게 소원해졌다. 더 괴로운 것은 어머니와의 연장전이었다. 어머니는 슬리퍼나 재떨이 사건을 다른 방향으로 이해했다. 내가 무슨 물건이건 제대로 정리를 못해 일어난 사건으로 여겼다. 이전에도 그랬지만, 그 사건 이후에 어머니의 잔소리는 마왕 수준이다. 책은 제자리에 꽂아라, 옷은 옷걸이에 걸어라, 과자 포장지는 쓰레기통에 넣어라, 특히 양말은 세탁 바구니 안에 넣어라 등, 어머니는 물건을 제 자리에 두라고 끊임없이 잔소리를 해댔다. 사실 나도 궁금하다. 왜 나는 사물들을 '제자리'에 두지 못할까.

어머니가 생각하는 사물의 제자리는 확실한 것 같다. 하지만 나는 사물에게 제자리가 있다고 믿지 않는다. 사물도, 사람이나 저 똥개와 마찬가지로 스스로 움직이고 있다. 우리가 항상 물건을 찾아 헤매는 것도 그 때문이다. 멀쩡했던 벽의 못이 빠지고 흔들거리는 것도 그렇다. 어머니는 사물이 그렇게 미세하게 움직이고 있다는 것을 알지 못하는 것 같다. 사람도 마찬가지다. 사람이 있고 싶은데 존재할 수 있었다면, 누나는 목을 꼿꼿이 세우고 불어를 동시통역하는 대기업의 커리어 우먼이 됐을 것이다. 의지를 가진 인간도 제자리라고 믿는 곳에 있지 못하는데, 사물에게 어떻게 제자리가 있을 수 있겠는가.

2년 전의 그날처럼, 아버지께서 큰소리로 누나를 부르고 있다. 쪼르르르 달려가는 발소리가 들린다. 자라보고 놀란 가슴이 솥뚜껑을 보기도 전에 놀란다. 나쁜 징후가 없음에도 나는 바짝 긴장한다. 부녀는 들으라는 듯이 도란도란 이야기를 나눈다. 내 촉이 맞으면, 그들은 내 이야기를 하고 있을 가능성이 높다. 요 며칠 꿈속에 혀를 빼어 물고 찾아드는 우표 사나이 때문에 나는 심기가 편치 않다. 혀 사나이는 침을 너무 소모한 탓인지 말이 잘 나오지 않는 듯했다. 답답하기 그지없는 그의 모습은 심경을 제대로 전하지 못하는 내 모습과 비슷하다. 아버지와 소원해지지 않았다면, 폴리 아티스트에 대해 설명하면서 나를 좀 더 이해시키고, 담임의 자동차 도색 사건에 대해 이야기하면서 애매한 내 심정도 토로했을 것이다. 한데 내 안의 (나)가 아버지를 보면 볼수록 버티는 것이다.

네가 어린애냐. 사내자식이 아버지에게 징징거려.

내 몸 안의 (나)를 뚜렷하게 자각하게 된 계기가 재떨이 사건이었다. 그 이전에도 내 안의 막연한 존재를 느끼긴 했었다. 내 편인지 아닌지 분간이 되지 않는 존재였다. 그 존재가 고집을 피우면 내 생각과 다른 행동을 하고 마는 것이다. 벌떡 일어나 아침을 먹겠다고 마음먹지만, 어머니께 알았다고 대답하며 돌아눕는 것은 내 안의 (나)였다. 벌떡 일어나 푸푸 세수하고 맑고 정갈한 얼굴로 밥상 앞에 앉아 어머니가 정성

스레 순비한 음식을 먹는 내신에, 침대에 무겁게 널브러져 세상의 모든 짜증을 끌어안고 누워있는 것도 (나)였다. 아, 나는 죽을힘을 다해 녀석을 뿌리치고 몸을 일으켜 세워야만 했다. 나와 (나)의 전쟁은 침대 밖에서도 마찬가지다. 늦었으니 뛰려고 해도, 녀석은 쪽팔린다며 내 발뒤꿈치를 잡아 느릿느릿 발걸음을 옮길 뿐이었다. 어머니는 혀를 끌끌 차며 불이 나도 뛰지 않을 놈이라고 했다.

아버지와 누나가 사이좋게 대화를 계속 나누고 있다. 안심하며 다시 음향 도구들을 훠둘러본다. 시간이 날 때마다 하나둘 모아 놓긴 했지만 정확하게 어디에 어떻게 사용할지 아직은 모르겠다. 요즘 어머니는 더 예민해졌다. 이것들을 보기만 해도 역정을 낸다. 어머니의 표현으로, 내 방은 쓰레기통이다. 어머니가 항상 옳지는 않다. 쓰레기통은 인간에게 필요치 않은 것들이 마지막에 가는 곳이다. 반면에 내 방에는 꼭 필요한 것들만 모여 있다. 어머니는 이 물건들의 가능성을 알지 못한다. 내가 예술가가 될 것을 믿지 않으니, 이것들도 예술가의 도구라고 여기지 않는다.

"문복아! 문복아!"

아버지와 대화하던 누나가 거실에서 목청껏 나를 부른다.

이 무슨 날벼락일까. 2년 전 그 사건 이후로, 아버지는 내 방에 발을 들여놓지 않았고, 나도 거실에서 가족들과 함께 한 적이 거의 없을 정도다. 나가야 할지 말아야 할지 망설인다. 나가지 않으면, 결국 저쪽에서 방문을 열 것이다. 방문이 열리면 내 물건들이 위험해질 수도 있다. 그래도 아버지는 어머니의 생각과는 조금 다르다. 단순히 내가 정리하지 못해서 이 방이 쓰레기통이 됐다고는 생각지 않는 것 같다. 아버지가 생각하는 내 방의 무질서는 필요치 않은 것들을 필요하다고 생각하면서 모아두는 것이다. 아버지는 내가 이런 물건들을 모아두는 것에 화를 내시는 것이 아니라, 내가 꿈꾸는 직업에 의해 야기된 이 난장에 대해 못마땅해하고 있다. 나는 문을 열고 거실로 나간다. 아버지는 소파에 앉아 있고, 거실 바닥에 앉아 과일을 깎던 누나가 사과 한 쪽을 찍은 포크를 내민다.

"이거 먹으라고!"

포크를 받아 쥐고, 멀찍이 서서, 보일락 말락 아버지에게 고개를 끄덕인다. 아버지의 얼굴 위로 불쾌감이 솟아나는 것이 보인다. 하지만 2년 전부터 굳어온 두 사람의 사이다. 일요일 오후의 사과 한 쪼가리로 달달해질 수는 없는 것이다. 더구나 아버지는 내 인사에 대꾸조차 하지 않으니 말이다. 나는 멀찍이 앉아 사과를 입에 넣는다. 아버지도 사과를 베어 문다. 누나는 슬금슬금 눈치를 보다가, 딸기도 좀 씻어 오겠다며 냉장고로 향한다. 나는 빈 포크를 쥐고 있다. 아버지는 아무 말이 없다. 나도 할 말이 없다. 불렀으면 먼저 말을 해야 하지 않는가. 아버지는 계속 입을 꽉 다물고 있다. 자제하는 모습이다. 화를 참는 것일까. 초롱이가 모습을 드러냈다가 이 긴장감에 합류해서 좋을 것이 없다고 여겼는지 꼬리를 내리고 탁자 밑으로 기어들어가 버린다.

"휴일에 사내놈이 방구석에만 박혀 있냐?"

나는 고개를 천천히 든다. 아버지의 화를 조심하라고 (나)가 경고한다. 생각지도 않은 대꾸가 나갈까 봐 나도 긴장한다.

"아비에게 반항하는 거냐?"

나는 고개를 가로젓는다.

"그럼 왜 대답을 안 해?"

뭐라고 대답해야 할지, 내 속에서 말을 찾아보지만 쉽지 않다.

"네 엄마 말로는 요즘 밥도 제대로 먹지 않고, 울상이 되어 방안에만 처박혀 있다는데 무슨 일인지 말해봐. 뭐가 불만인지 말해보란 말이야."

순간, 아버지께 폴리 아티스트 사건과 Z 사건에 대해 말씀드려야겠다는 생각이 들었다. 이왕 이렇게 된 바에야 아버지와 화해하는 편이 낫다. 결국 이 집의 경제권은 아버지에게 있다. 아버지와의 관계가 소원해지자 엄마 몰래 받던 용돈도 없어졌고, 무엇보다도 남자끼리의 관계가 사라지자 더 이상 이 집안에서 대화의 즐거움을 찾을 수 없게 되었다. 누나와 대화하면 남자 친구 이야기만 하고, 어머니와 대화하면 대화의 시작이 무엇이었건 방 좀 치우라는 끝말이 나왔다. 그래서 간신히 용기를 내어 입을 열려는 찰나, 현관문이 열리고 어머니가 들어섰다. 아버지는 내 이야기를 들으면서 어머니를 바라보느라고 내 말의 맥락을 잘못짚으셨던 모양이다.

"뭐, 지랄하고 자빠지라고……."

눈앞이 번쩍한다. 한동안 아무 소리도 들리지 않는다. 정신을 차리니, 무릎이 꺾여 있다. 한쪽 얼굴을 감싸 안고 구부린 상태다. 아버지가 내 뺨을 쳤다. 얼굴이 화끈거리고 심장이 조여든다. 왜 이런 일이 일어났는지 이해되지 않는다. 구부리고 있자니, 억눌릴 대로 억눌려 있던 감정들이 우우 터져나온다. 내 의지와 상관없는 괴상한 신음소리다. 고함도 아니고, 울음도 아니고, 비명도 아니고, 짐승의 울부짖음과 비슷하다. 아버지도 약간 당황한 듯 멍하니 서 계신다. 오! 주여! 어머니는 아버지 쪽으로 달려간다. 어머니는 아버지가 나를 다시 공격할까 봐 아버지의 한쪽 팔을 잡고 매달린다. 아버지는 다시 전력을 가다듬어 공격을 퍼붓는다.

"아비에게 지랄하고 자빠져라니?"

"그런 것 아니에요. 그런 것 아니란 말이에요."

"여보, 이 놈 좀 봐. 방금 뱉어놓고 아니라고 우기는 것 봐. 당신 들었어? 안 들었어?"

"들었어요. 아니 아버지에게 지랄하고 자빠져라니, 빨리 빌지 못해?"

뺨을 한 대 맞고 나니, 아버지와 나 사이의 관계가 더 확연해진다. 오래간만에 마주 앉은 아버지에게 학교에서 있었던 최근의 일들이며 연극에서 맡게 된 폴리 아티스트로서의 임무 등을 설명해드릴 작정이었다. 부모들은 자식들이 어떤 생각을 하고 어떻게 시간을 보내는지 궁금해한다고 해서, 그런 이야기를 해드릴 참이었다. 그런데 돌아온 것은 따귀다. 간신히 입을 열려는 순간에, 작두로 내 혀를 잘라 버린 것이다. 아버지와 어머니는 성급하게 내 말을 잘라 자신들 방식으로 이해해버린다.

나는 몸을 구부린 상태로 그대로 있다. 몸을 일으켜 세우면, 빰을 맞은 반작용을 아버지에게 해야 하기 때문이다. 나는 무릎을 꿇고 상반신을 좁게 접은 상태로 참는다. 차분하게 진실을 설명할 의지도 없다. 한국말은 끝까지 들어봐야 한다는 것을 부모들은 모른다. 지랄공이라는 담임의 별명과 나의 학문적 궁금증을 연계하여 걱정할 수도 있는 사건을 재미있게 풀어 들려 드릴 참이었다. 이야기를 시작하기도 전에, 나는 불효자가 되어 버렸다.

천천히 일어나 말없이 방으로 돌아온다. 아버지도 어머니도 더 이상 나를 건드리지 않는다. 방에 들어오자마자, 나도 물건들의 빰을 때리기 시작한다. 빰도 모자라 마구 벽에 던지기 시작한다. 냄비, 베개, 심지어 휴대폰까지…….

방문을 걸어 잠그고, 한바탕 혼자 난리를 피운지 여러 시간이 지났다. 그 몇 시간 동안 나는 한 가지 결심을 했다.

나는 다시는 아버지와 대화를 하지 않을 것이다.

열여덟 번째 낙타로 충분할까

5

학교 앞에서 집으로 가는 버스를 타면, 세 정류장 떨어진 지점에서 '수일 남자 학교'를 지나게 된다. 어제 하굣길에 그 학교 앞에서 사람들이 웅성이고 있는 모습을 보았다. 정문 앞에는 경찰차도 한 대 서 있었다. 버스는 학교의 정문을 조금 지나 멈춰 섰다. 승객들도 심상찮은 분위기에 차창 밖으로 목을 빼고 살펴보기도 했다. 하지만 버스 안의 그 누구도 버스 밖의 일을 제대로 알아낼 수가 없었다. 버스는 다시 출발했고, 덜컹덜컹, 유별나게 바닥 곳곳이 패인 울퉁불퉁한 곳을 지나 흔들거리며 나를 귀가시켰다.

아침 등굣길에, 길 건너편의 수일 남자 학교를 유심히 쳐다본다. 교문 철책 사이로 잘 다져진 운동장이 황톳빛 도화지처럼 보인다. 보통 때는 축구며 배구를 하는 학생들의 고함소리가 차창을 통해 들려오곤 했다. 초영이라는 초등학교 친구, 남녀공학에 다니는 나를 부러워하는 친구가 그곳에 다니고 있는데, 한 번은 멀리서 서로 알아보고 손을 흔든 적도 있었다. 오늘은 교사 꼭대기에서 휘날리는 태극기만 보일뿐 운동장은 텅 비어 있다.

학교에 도착하니 불길한 예감이 적중했다. 수일 남자 학교의 한 학생이 어제 건물에서 뛰어내려 생명을 잃었다고 했다. 가까운 두 학교는 암암리에 서로 영향을 주고받는다. 베르테르 효과처럼, 우리도 건물에서 뛰어내릴까 봐, 자살 흉내라도 낼까 봐, 비슷한 생각이라도 할까 봐, 담임의 조례에서부터 수업에 들어오는 선생님마다 당부를 한다. 가치 없는 죽음을 선택해서는 안 된다, 고민이 있으면 상담 선생님에게 상담하라, 선생님마다 조언을 하고 나가니 착잡하고 불안감이 가중된다. "청춘은 아픈 법이다."라고 말씀하시고 나가자, 앞좌석의 누군가가 "노인이 더 아픈 법이지."라며 소리를 내지른다.

우리는 뭐라고 설명할 수 없는 감정 속에 한동안 부유한다. 그럼에도 우리는 계속 열심히 공부할 것이다. 때로 슬금슬금 게으름을 피우겠지만, 오늘도 계속 공부할 것이다. 단지 공부한다는 것 말고는 딱히 할 일이 없다. 그런데 공부하는 것 말고, 오늘 오후 갑자기 다른 일이 생겼다. 자살 사건의 영향이지 싶은데, 교장 선생님께서 동아리 활동을 활성화하겠다고 갑자기 공표했기 때문이다. 한 달에 한 번 하던 동아리 모임을 2주에 한 번씩 하겠다는 것이다. 자율 학습으로 운영되던 시간에, 계획에도 없던 동아리 미팅 시간을 가지게 된 것도 그 때문이다. 반장은 초등학교 때부터 지금까지 농구반이라고 했다. 반장은 근육이 단단한 허벅지를 가지고 있고, 짧은 반바지 입기를 즐긴다. 나는 연극반이다. 연극반은 운동장에 나가지 않아도 되는 몇 안 되는 동아리 중의 하나이고, 그곳에는…… 예강도 있다. 농구반은 전국 동아리 농구 대회 지역 대표로 출전할 예정이어서 반장과 두만은 매우 열심이다. 반면, 연극반 안에서의 내 위치는 어정쩡하기 그지없다. 아니 동아리 연극반이 생긴 지가 얼마 되지 않아서 다들 어정쩡한 상태다.

개교 30주년 기념을 위해 2개월 후 작은 축제가 있을 예정이다. 동아리 모임에 가니, 개교기념일 행사에 작품을 '자율적으로' 무대에 올려보라는 학교의 지시가 일방적으로 내려와 있다. 특히 '소통'을 소재로 한 연극을 준비해보라는 단서조항이 붙어 왔다. 일단 목표가 생기니 동아리가 나름 활기를 띈다. 존재감이 별로 없던 나는 폴리 아티스트라는 별명을 얻은 후부터 위치가 사뭇 달라졌다. 연극반원들이 나를 꼭 필요한 사람으로 여기는 듯하다. 문제는 연극의 대본이다. 어떤 스토리를 무대에 올려야 할지 막막한 상태다.

동아리장인 3학년 미라 선배는 여배우 홍 씨의 유언장 이야기를 주장한다. 친자녀와 의붓아들 사이의 유언장 해석 문제를 두고 싸우는 이야기를 소통 측면에서 다루자고, 일방적으로 분위기를 주도한다. 단원들은 침묵으로 강한 부정 의사를 표시하고, 결국 그 이야기는 기성세대의 연극 무대에 더 적합하다는 결론에 도달한다. 이어서 기호가 군대에서 쓴 편지가 바깥세상에서 전혀 다르게 해석되는 일화를 들고 나왔지만, 스스로 슬그머니 철회하고 만다. 이어서 민화가 소통에 어려움을 겪는 한 남자가 갑자기 자신의 왼쪽 귀를 자르는 이야기를 한다. 다들 신선한 소재라고 들떠 야단이다. 하지만 어떻게 이야기를 이어간단 말인가.

"귀를 자른다고 다 고흐가 되는 것은 아니다."

한 녀석의 입에서 나온 소설가 이외수 씨의 이 표현에는 일제히 감탄하며, 어떤 스토리로 정해지든 이를 꼭 써먹자는 의견에 동의한다. 하지만 어떤 스토리를 무대에 올린단 말인가?

같은 반의 성일은 문자를 급하게 보내다가 할머니께 '오래오래 사세요'를 '오래오래 사네요'라고 적고 엄마를 '임마'라고 적었다가 죽을 뻔했다고 털어놓는다. 고자질을 받은 아버지께서 스마트폰을 압수하겠다고 나설 정도였다고. 누구나 겪어 본 실수이기에 공감이 컸고 나름 신선한 아이디어처럼 보였다. 하지만 무대에 올리기에는 사건이 약했다. 사건을 키워 보자고 서로 머리를 맞댔지만 도루묵이 되었다.

얌전하게 듣기만 하던 송아가 집 베란다에서 노래를 흥얼거렸는데 따라 하는 소리가 들리더라는 자신의 경험을 조심스럽게 털어놓는다. 처음에는 공간의 울림이라고 생각했으나, 다른 식구들이 노래하면 울리지 않았다고 했다. 송아의 노래만 따라 하는 귀신이라고 해서, 식구들은 송아의 귀신이라고 농담처럼 놀리고 비웃는단다. 그녀는 나에게 유령의 목소리를 녹음할 수 있느냐고 마치 전문가에게 물어보듯 묻는다. 나는 아직 시도해 본 적이 없다고 말한다. 하지만 EVP라고 인간의 가청권 밖의 소리가 있고, 인간이 들을 수는 없지만 세상에는 수많은 소리 밖의 소리들이 있으니, 네가 그 소리를 듣게 된 것은 다른 사람보다 뛰어난 청력을 가졌을지도 모른다고 일러준다. 송아는 내 말을 들으니 두려움이 조금 가라앉는단다.

무려 두 시간이나 치열한 토론을 벌이고도, 무대에 올릴 이야기는 전혀 길이 보이지 않는다. 우리는 지쳐서 지붕 위 안

테나처럼 자세가 삐딱해지고 있다. 작은 구름이 모여 큰 구름이 되고 큰 구름이 터져 비가 되듯이, 작은 아이디어가 큰 아이디어가 되고 큰 아이디어가 스토리가 되어야 하는데, 그럴 기미가 없다. 토론 방법이 잘못되었는지, 시간이 흘러도 스토리 라인이 잡히질 않는다. 하지만 처음 시작할 때의 고집과 변덕들이 기세가 누그러지면서, 우리는 조금씩 조용히 의견을 펼치는 기술을 터득해 가고 있다. 극히 창의적이지는 않지만 수업처럼 무료하지는 않다. 의견을 내놓기 힘들어하는 나도 조금씩 입을 열 수 있으니 말이다. 나로서는 숨통이 트이는 시간이다.

마지막에 극적으로 좋은 스토리가 만들어졌으면 좋았을 것이다. 납치한 남자가 납치 당한 여자에게 지독하게 당하는 엽기적인 이야기가 나왔고, 이후에도 더 극단적인 이야기들이 오가기를 반복했지만, 결국 말짱 도루묵이 되고 말았다. 예강은 단원들의 무성한 이야기를 무심한 듯 듣고 있다가, 모두가 포기하는 상태에 돌입했을 때 모임을 마무리하는 한 마디를 던졌다.

"내가 창작 대본을 한 번 써볼게."

6

지랄 사건 이후, 아버지와 말문을 트지 않겠다는 결심은 흔들리지 않고 꿋꿋하다. 나는 더 이상 어른들의 세계에 순응하려고 애쓰지 않는다. 이 결심 이후, 며칠간은 도리어 안정감이 찾아왔다. 십수 년을 어른들과 공존하려고 안간힘을 썼지만 결과는 언제나 혼자였고 외로웠다. 적극적으로 혼자가 되니 도리어 고독하지도 서럽지도 않다. 내가 강해진 느낌이랄까. 앞으론 아버지가 어떤 말을 걸어도 대답하지 않을 것이며, 먼저 말을 걸지도 않을 것이다. 내 뺨을 때린 아버지가 그 고통을 겪고 또 겪기를 바란다. 나는 아버지를 포기하고 내 맘에서 완전히 쫓아 내버릴 작정이다. 앞으로 나는 나만의 세계에 홀로 걸어 들어가서, 외롭고 조용하게 살다가, 혼자 죽더라고 그렇게 살아갈 것이다.

가족 모두가 이 사태와 나의 태도에 대해 걱정하고 있을 것이다. 상관없다. 그들은 내가 여느 때와 다르다는 것을, 함부로 꾸중하기에는 버거운 상대임을 인식해 가는 시간이 필요하다. 어머니도 방의 물건들을 정리하라는 잔소리를 하지 않는다. 내 방은 뺨을 맞은 후 이틀째인 오늘까지 깨진 재떨이를 포함하여 방안의 도구들이 전혀 정리되지 못한 채로 있다.

그러고도 네가 예술가냐?

어디론가 사라졌던 (나)가 슬며시 나타난다. (나)는 그동안 상당히 얌전히 있었다. 반가운 마음이 든다. 내가 내 방의 물건들을 사정없이 집어던진 후 (나)의 행방이 묘연했다. 나는 (나)의 질문에 대답할 말이 없다. (나)는 내가 귀중한 것들을 함부로 상하게 했으니 예술가의 자격이 없다는 식이다. 나는 변명하지도 부인하지도 못한다. 사실 감정이 격해져서 연극을 위해 모아 둔 물건들을 이리저리 던져 버린 것은 결코 잘한 일이 아니다. 아버지가 내 뺨을 쳤다 해서, 내가 물건들의 뺨을 칠 권리는 없다.

내 분노의 일격에 의해 책상에서 떨어졌던 휴대폰은 사건 당일 제대로 챙겼다. 다행히 금이 가지도 않았고 작동에 무리도 없었다. 다른 물건들은 손댈 엄두를 내지 못하고 여태 두고 있다. 분노를 제대로 거둬들이지 못했기 때문이다. 파편들을 뒤집어쓰고 누워 있던 기타를 집어 든다. 기타의 옆구리에 약간의 흠집이 났다. 너를 집어던진 것은 나를 집어던진 것과 같아. 기타에게 중얼거리자, 갑자기 설움이 몰려온다.

사방에 흩어져 있는 물건들을 주시한다. 벗어 놓은 옷가지와 가방, 색색 형광펜들과 30cm짜리 자, 펼쳐진 수첩, 여기저기 흩어진 종이컵들과 깨져 버린 사기 컵 하나, 침대 밑에 말려 들어간 이불과 양말 한 짝과 흩뿌려진 검정콩들! 검정콩들은 쏟아지는 빗방울 소리를 표현하기 위해 부엌에서 엄마 몰래 조금 가져다 놓은 것이다. 검정콩들은 이불깃 사이에, 책갈피 사이에, 침대 밑으로, 창틀 틈새에, 양말 짝 속에, 사방팔방에 흩어져 숨어 있다. 예기치 않게 그들을 보게 되면, 마치 몸을 둥글게 말은 검은 벌레 같아 깜짝깜짝 놀란다. 휴, 한숨만 나올 뿐, 치울 엄두가 나지 않는다. 내 방은 뒤죽박죽이다. 내가 이런 상태로 만들기 전의 온전한 내 방의 상태를 어머니는 이미 뒤죽박죽이라고 했지만 말이다.

분명, 어머니가 생각하는 뒤죽박죽과 내가 생각하는 뒤죽박죽은 차이가 있다. 이전에 어머니는 이런 난장판을 해결하는 방법으로 '정리'를 끊임없이 주장하셨다. 책상 좀 정리해. 옷장 좀 정리해. 침대 좀 정리해. 시도를 안 해본 것은 아니다. 어머니가 시키는 대로 방의 물건들을 줄 세워 보려고 노력한 적이 있다. 잔소리가 귀찮아서라도, 책들과 옷들과 사물을 줄 세워 보려고 했다. 호텔방처럼 모든 물건들을 차렷 자세로 놓고 싶었다. 그래서 나도 끊임없이 듣는 잔소리의 세계에서 놓여나고 싶었다. 문제는…… 그 시도를 하자, 내 주변은 좀 정리가 되는 것 같았으나, 내 머리가 그 위치를 기억하기 위해 더 혼란스러웠다.

어머니는 항상 내 물건들이 뒤섞여 있다고 여겼지만, 나는 그것들의 위치를 꿰뚫고 있었다. 어머니는 내가 게을러서 그렇게 놔둔 줄 알지만, 내 머리는 이동하는 사물들을 따라잡느라고 더 부지런하게 움직였다. 나는 사물들을 좀 자유롭게 내버려둘 뿐이다. 왜냐하면 어떤 물건이 어떤 물건을 만나느냐에 따라 전혀 다른 소리가 나기 때문이다. 나는 물건들이 우연히 만들어 내는 소리나 역할 변화를 보는 것이 즐겁다. 어머니가 보는 절대적인 난장 속에는 내 머리가 즐기는 특유한 질서가 있다. 내 머릿속의 질서가 세상 사람들의 눈에서 무질서하게 보일 뿐이다.

그런데 지랄 사건 이후의 내 방은 어머니가 말하는 무질서에 가깝다. 나만이 즐겼던, 눈에 보이지 않던 사물의 질서조차 철저히 무너져버렸다. 다시 이전의 상태로 바로 잡을 수 있을 것 같지가 않다. 내 방의 특이한 질서가 진정 내 생각에 의한 배치였다면, 내가 다시 그 질서를 재건할 수 있어야 한다. 그런데 지금 내 머리로는 이 방의 무질서를 통제할 수가 없다. 정말 소리 연구를 핑계 삼아 방을 지저분하게 사용했던 것일까. 나태의 늪에 빠져 있었던 것일까. 내 생각대로 사물들이 자유롭게 움직인 것이 아니었던 모양이다. 도리어 사물들의 움직임대로 내가 생각했던 모양이다. 나는 여태 예술가인 척했던 것이다.

7

옛날 아라비아의 한 아버지가 임종을 앞두고 유산을 배분하게 되었다. 낙타 17마리 중에서 첫째 아들에게는 $\frac{1}{2}$을, 둘째에게는 $\frac{1}{3}$을, 셋째에게는 $\frac{1}{9}$을 가지라고 했다.

오늘 아침까지만 해도 개교기념일에 공연될 연극의 내용은 오리무중이었다. 소통을 소재로 해보라는 교장 선생님의 권유와, 소통을 잘할 수 있는 아이디어를 한 가지는 꼭 넣으라는 동아리 지도 선생님의 지시와, 유언 이야기는 반드시 넣어야 한다는 동아리장의 고집과, 창작 대본을 올려보고 싶어하는 예강의 욕망 사이에서 연극 대본은 줄곧 표류하고 있었다. 전혀 갈피조차 잡지 못하고 있다가, 저녁 동아리 모임에서 예강이 중대 선언을 하면서 연극은 새로운 국면을 맞게 되었다. '오랫동안 구전되어 널리 알려진 수학 퍼즐 문제'를 소통 문제로 다루어 보자고 했다.

첫째 아들은 $8\frac{1}{2}$마리를, 둘째와 셋째는 $5\frac{1}{2}$마리와 $2\frac{1}{2}$마리를 가질 수 있지만, 그런 분배는 낙타를 죽이지 않고는 가능하지 않았다. 삼형제는 아무리 머리를 짜내어도 유산을 나눌 수가 없었다. 지나가던 노인이 싸우고 있는 삼형제를 보았고, 자신이 타고 온 낙타 한 마리를 빌려주었다. 그러자, 18마리 낙타 중에 첫아들은 재산의 반인 9마리를, 둘째는 6마리를, 셋째는 2마리를 가질 수 있었다. 뜻밖에 한 마리가 남아 삼형제는 그 낙타를 노인에게 돌려주었다.

예강의 제안에 선뜻 이의를 제기하는 사람이 없었다. 대본 작업에 있어 여러 번의 실패를 경험했던 뒤라, 모두 마음이 조금씩 열려 있었기 때문이다. 더구나 아라비아라거나 아름다운 사막이라든가 예강의 고급스런 배경 설명에 우리는 쉽게 설득당하고 있었다. 동아리장은 집착하는 유산 이야기가 들어 있어서인지 대놓고 찬성했다. 학교에서 원하는 소통의 아이디어가 열여덟 번째 낙타에 있다는 데도 다들 쉽게 동의했다. 논쟁이 있을 때 지혜로운 자가 중개자 역할을 해주면 문제가 쉽게 해결될 수 있다는 메시지가 확실히 들어 있었다.

소심하게 반대 이유를 내놓은 사람은 나였다. 이 이야기는 수학의 '분수' 문제나 '최소공배수' 문제에서 이미 접한 적이 있었다. 이 해법을 이미 알고 있는 사람들에게는 처음부터 연극에 흥미를 떨어뜨릴 수 있다고 나는 설명했다. 예강은 눈을 반짝이며 내 말에 귀를 기울였다. 나는 세모와 동그라미의 싸움을 그린 예강의 창작 대본을 보고 싶었지만, 이 말은 하지 못했다. 회원들은 나를 무시하듯 낙타 이야기를 중심으로 의견을 좁혀 나갔다. 사실 더 미적거릴 시간이 많이 없었다.

일단 연극 내용에 대한 방향이 정해지자, 회원들은 자신의 역할에 대한 어려움을 토로하기 시작한다. 무대 담당은 아라비아 모래사막을 어떻게 표현하느냐, 소품 담당은 낙타들을 어디서 구해 오느냐고 푸념이다. 그런 식으로 따지면 어려움이 없는 사람이 없다. 나도 아라비아 사막의 모래바람 소리를 들어본 적이 없고, 그곳에서 사는 낙타의 울음소리를 들어본 적도 없다. 들어본 소리도 얻기 쉽지 않은데, 하물며 들어보지 않은 소리들을 만들어 내야만 한다. 나는 해봤자 소용없는 불평은 하지 않는다. 각자 어려움을 호소하니, 미라 선배는 그럴 바에야 홍 배우 아들들의 유언 이야기로 되돌아가잔다.

동아리장의 제안에 정신을 차린 회원들은 각자 해결 방법을 찾아서 다음 주에 다시 만나기로 합의한다. 완전한 대본이 나올 때까지, 나는 지구의 수천수만 킬로미터를 횡단해야 만날 수 있는 사막의 바람 소리와 낙타의 울음소리를 해결해야만 한다. 뭐, 쉬운 방법은 인터넷에 찾아 들어가 그 소리를 들어보는 것이리라. 하지만 자존심이 있지, 섣불리 그런 방법을 쓰고 싶지 않다. 고작 인터넷에서 소리를 가져오는 것이 아티스트가 해야 할 일이라면, 그런 아티스트는 되고 싶지 않다. 최소한 낙타를 보려면 동물원에 가봐야 할 것이다.

예술이 무엇일까? 이 거창한 고민을 나는 겸손하게 시작한다. 이런 고민을 시작한 내가 대견하다. 뭔가 생각에 가득찬 내가 있는 것이다. 연극단원 모두 나와 비슷한 고민을 하고 있는 것 같다. 예강이 가장 심각해 보인다. 그녀는 널리 알려진 수학 문제를 연극 대본으로 바꾸어야 하니 어려움이 많을 것이다. '예술이 무엇인가'를 골똘하게 생각하면, 이상하게 아버지에게 뺨을 맞던 날 내 안에서 터져 나오던 울음소리가 들리곤 한다.

최근 나에게는 변화가 생기고 있다. 놀랍게도 (나)는 하나가 아닌 것 같다. 내 속에서는 (나) 이외에도 또 다른 (나)가 생겨난 것이다. 처음에는, 이들이 같은 (나)인줄 알았다. 그런데 다른 존재임이 거의 확실하다. 이전의 (나)는 고집스러워서 감당이 안 되는 존재였다. 아버지에게 나도 아버지와 같은 남자임을, 그래서 함부로 아들로 대하지 말기를 강력하게 요구하는, 그리고 부모님이 원하는 대로 해드리고 싶지만 그렇게 하길 원치 않는 내 스스로도 길들이기 어려운 (나)였다. 반면에 새로 생긴 (나)는 감당이 안 되기는 마찬가지지만 고집스럽다기보다 내가 만들고 싶은 '소리'를 향해 치닫는 소위 열정적인 존재다.

두 번째 (나)는 내가 물건들을 마구 집어던진 후에 처음 나타난 존재다. 물건들을 집어던지게 만든 것이 첫 번째 (나)였다면, 예술가의 태도가 이런 것이냐고 꾸짖는 것이 두 번째 (나)였다. 폴리 아티스트! 나는 정말 예술가가 될 수 있을까. 이런 나의 진지한 고민에 관여하는 것도 두 번째 (나)다. 매우 늦은 시간까지 소리에 집중할 때도, 언제 시간이 흘러갔는지 모르게 전념케 만들어주는 것도, 그런 작업을 하고 난 후에 몸이 몹시 피곤한데도 내면의 기쁨을 가져다주는 것도 두 번째 (나)다.

학교에서 빌려 온 시집을 가방에서 끄집어낸다. '하루 삼십 분의 독서' 프로그램에 따라 의무적으로 읽도록 주어진 책이다. 공부할 것도 많은데, 한가하게 시집? 술술 익히는 서

정 시집도 아니고, 시인 이름도 '이상'한 지의 괴찌 시집? 그렇다. 클레오파트라가 미모와 높은 코로 세계의 지도를 바꾸어 놓았다는 것은 과장이라고 영어 선생님 말씀하지 않으셨던가. 클레오파트라가 세계를 쥐락펴락 할 수 있었던 것은 방대한 독서력에 의해 만들어진 대화술 덕분이라고 하지 않던가. 책을 많이 읽어 탁월한 대화술을 가지진 못한다 하더라도, 내 '소리'로 내 생각과 느낌을 표현해보고 싶다. 그래서 내 소리에도 깊이를 담을 수 있도록, 앞으로 문학과 철학과 예술 등 책들을 시간 나는 대로 읽을 심산이다. 더구나 요즘 내 안에는 ㈏가 하나도 아니고 둘이나 들어 있으니, 나는 결국 셋으로 나누어져 있는 셈이다. 셋이나 되는 나를 먹여 살리려면 매우 풍부한 영양을 공급해줘야 한다.

예전에는 이상의 '오감도'를 읽으면, 아이들이 왜 무서워하면서 골목길에서 뛰어다니는지 전혀 감이 오지 않았다. 이제는 13명의 아이들이 왜 골목길을 뛰어다니는지 조금 이해가 된다. 내 속에 ㈏가 두 명 들어 있듯이, 시인 이상의 내면에는 13명의 다른 ㈏가 들어 있었던 것은 아닐까. 마음의 어두운 골목길을 13명의 ㈏가 뛰어다니다니! 내 안의 두 명도 감당하기 어려운데, 어휴, 13명을!

시인이 깡그리 띄어쓰기를 무시했다는 사실도 다르게 읽힌다. 띄어쓰기를 제대로 하지 않으면 아버지 가방에 들어가신다고 배웠다(정말 가방을 풀어 펼치면 텐트가 만들어져 아버지건 아들이건 들어갈 수 있는 공간으로 변신하는 놀라운 디자인을 TV에서 본 적이 있긴 하다). 그런데 시인은 보란 듯이 띄어쓰기를 무시해버렸다. 우리가 이렇게 썼다면, 국어 선생님은 난리쳤을 것이다. 반항한다고 당장에 교무실에 불려갈 수도 있다. 예술가들은 왜 선생님들이 가르쳐주는 것과 반대로 하는 것일까? 우리가 마르셀 뒤샹처럼 화장실의 변기를 뜯어서 전시실에 가져다 놓았다면, 자동차 도색 사건 이상으로 문제아 취급을 받았을 것이다. 도대체 어떤 것은 잘못이나 범죄가 되고, 어떤 것은 예술이 되는 것일까? 나는 시인의 시를 다시 읽는다.

그중에 1인의 아해가 무서운 아해라도 좋소.
그중에 2인의 아해가 무서운 아해라도 좋소.

'오감도' 속에는 '무서워하는 아이'와 '무서운 아이'가 있다. 13명의 아이가 무서워하며 질주를 하는데, 그중 1인의 아이나 2인의 아이가 무서운 아이가 되기도 한다.

내 안의 (나)는 무서워하는 아이일까, 무서운 아이일까?

내 생각에, 첫 번째 (나)는 무서워하는 아이이고, 두 번째 (나)는 무서운 아이 같다. 첫 번째 (나)는 게으름 피우고, 장난질 치기 좋아하고, 어머니에게 반항하고, 아버지와 대화를 차갑게 거부하는, 무서워하는 아이다. 두 번째 (나)는 내가 필요하다고 생각하는 물건들을 모아 놓게 부추기고, 사막의 바람 소리나 낙타 울음소리에 대해 심각하게 고민하게 만들고, 세상 것을 그대로 모방하지 않고 새로운 것을 찾아 헤매게 만드는, 자기주장이 아주 강해 뜨거운, 나를 넘어서는 무서운 아이 같다.

창가에서 책상으로 돌아와 연극 대본을 제대로 다시 읽는다. 소통을 염두에 둔 연극이라지만…… 나의 소통의 현실은 암담하다. 나는 아버지와는 물론 나머지 가족과도 전혀 소통하지 못하고 있고, 그 여파인지 학교에서도 심하게 쭈그러져 지낸다. 현실과 연극이 이렇게 괴리가 있어도 괜찮은 걸까. 소통을 위한 연극을 준비하면서도 아버지와의 소통을 외면하고 있는 나 자신이 모순적으로 느껴진다. 그렇다고 아버지에게 먼저 다가가서 사과하거나 대화를 재개할 엄두 역시 나지 않는다.

그나마 연극 동아리에서만 입이 열린다. 아마 서로가 다르다는 것을 인정하기 때문일 것이다. 예강은 대본을 잘 쓰고, 나는 소리를 잘 알고, 인호는 연출 능력이 있고, 기호는 몸의 표현력이 풍부하고, 송아는 예민해서 섬세한 느낌을 잘 알고…… 반대로 우리 각자는 잘하는 분야 외의 것은 전혀 모르기도 한다. 서로의 다름을 인정해야 한다고 여러 번 들어봤지만, 실감이 나는 것은 이번이 처음이다. 사람의 재능은 정말 서로 다르고, 그 다름을 인정하니, 세상에나, 우리 손에서 연극이 만들어지고 있는 것이다.

이번 대본 줄거리에서 소통의 아이디어는 열여덟 번째 낙타에 있다고 했다. 사람들이 싸울 때, 누군가 지혜로운 자가 중개자 역할을 해주어야 한다고. 연극 동아리가 최종적으로 이 이야기를 선택한 이유이다. 하지만 싸우고 있을 때 지혜로운 노인이 지나가지 않는다면, 지나가면서도 싸움을 보지 못한다면, 보고도 그냥 지나친다면, 유산 분배는 어떻게 해야 할까? 외부의 도움이 없을 때, 그 집단 내에서 스스로 해결하는 방법은 없는 것일까? 정말 열여덟 번째 낙타만 있으면 충분할까?

8

동아리 모임을 끝내고 돌아오는데, 담임이 맞은 복도 끝에서 다가오는 것이 보인다. 그도 나를 봤고, 나도 그를 봤다. 서로의 표정이나 몸짓을 0.001초에 포착했을 것이다. 아직은 각자 못 본 척하기로 마음을 정한 것뿐이다. 내가 먼저 달려가서 반갑게 인사하면 흡족해하시겠지. 하지만 그것을 원하지 않는 내 안의 (나)가 있다. 지난번 식사 이후에 뭔가 불편해지고 말았다. 담임이 이쪽으로 점점 다가오고 있다. 복도에 새로운 길이 마법처럼 생겨 뻗어 나가지 않는 한, 한 지점에서 두 사람은 맞닥뜨려야 한다. 이제야 알아본 것처럼, 나는 담임께 고개를 까딱한다. 담임의 표정이 뜻밖에도 매우 밝아 보인다.

"문복아, 동아리 모임 끝나고 오는 거야?"

선생님과 나는 교실 쪽으로 나란히 걷는다. 교실 밖 복도가 이렇게 조용했던 적이 있던가. 그 침묵 속에서 두 사람의 발자국 소리가 평안하게 들린다. 아무 말을 하지 않아도 불편하지가 않다. 담임은 자상한 나의 선생님으로 돌아오고, 나도 선생님의 학생으로 돌아온 느낌이다. 선생님은 앞문으로 들어가시고, 나는 뒷문으로 들어간다. 선생님은 종례를 위해 우리를 휘둘러본다.

"내 차가 엉망이 된 것을 알고 있을 것이다."

드디어 선생님은 차 이야기를 처음 꺼낸다. 순식간에 싸해진 분위기 속으로 침묵이 무겁게 가라앉는다.

"차가 엉망이 되고 나서, 음, 나는 많은 생각을 했다. 내가 가르치는 학생들이 나를 미워하거나 증오해서 차에, 음음, 그런 장난을 했다고 생각하면 밤에 잠이 오지 않았다."

선생님은 심하게 목이 메는지 음음……을 반복한다. 여태 우리는 암암리에 의심받는 것만 생각했지 선생님이 느꼈을 고통은 안중에 없었다. 우리는 어려서 그렇게 밖에 생각할 수 없었던 모양이다. 우리는 긴장한 어깨들을 추켜올린 채, 선생님이 말씀하실 내용에 촉각을 곤두세운다.

"학생들 중 누군가가 나를 미워하는 것은 그렇다 치고, 주변 선생님들, 음, 보기에 부끄러워서 교무실에 앉아 있는 것이 매우 불편했다, 음음."

그때, 학생들 중의 누군가가 소리쳤다.

"선생님! 우리가 안 그랬어요!"

그 말이 터져 나오자, 학생들은 여태 답답했던 마음을 이

구동성 표출한다.

"우리가 안 그랬어요!" "정말이에요."

담임은 고개를 끄덕인다.

"너희들이 그러지 않은 것은 알고 있다. 범인이 잡혔다."

교실 안은 다시 쥐죽은 듯 조용해진다. 나도 숨을 멈추고 선생님을 올려다본다.

"범인은 우리 학교 사람이 아니었다. 내 차에 페인트칠을 한 사람은……."

선생님은 물을 한 잔 가져오란다.

"수일 남자 학교의 한 선생님이 차가 오래되어서 새 차를 살 생각이셨다. 헌 차를 중고 시장에 내놓으려고 중고 판매업자에게 전화를 했는데, 와서 보더니 상품 가치가 없다고 가져가지 않고 도리어 폐차를 권유했대. 차를 완전히 분해해서 없애는 작업이지. 여태까지 멀쩡하게 타던 차를 돈 한 푼 받지 않고 폐차를 하려니 뭔가 속는 느낌이 나더라는 거야. 그런데 중고 판매업자가 한 술 더 떠서 폐차를 하려면 오히려 돈을 지불해야 할 거라고 했대. 폐차도 그냥 가져가서 해줄 수 없다고 했다는 거야. 계속 이대로 타고 다니다가 사고가 나면 도리어 더 큰돈이 들 테니 이왕 폐차하려면 빨리해야 한다고 부추겼단다."

학생들은 웃는다. 선생님도 비로소 음음거리는 소리를 멈추고 제대로 목소리를 낸다.

"다른 업체에도 문의를 해보았다네. 그 선생님이 여러 가지 사항에 대해 문의를 하니까 한 폐차장의 친절한 직원이 폐차 여부를 판별하기 위해 학교를 방문하겠다고 했다는 거야. …… 그래서 수일 남자 학교의 위치를 알려 주기 위해 우리 학교를 언급했는데, 그 폐차장 직원이 우리 학교로 착각했던 모양이야. 알고 보니, 그가 우리 학교에 와서 내 차에 폐차 표시를 한 것이었어. 학교를 혼동한 뒤에, 그 선생님 차와 내 차가 같은 종으로 번호까지 비슷했대. 정말 믿기 어려운 일이지만, 수일 남자 학교 선생님의 차가 아니라 내 차에 폐차 판정을 한 거지."

"차에 그려진 낙서가 그 폐차 판정 표시인가요?"

"보통 폐차할 경우에 차에 NO라는 표시를 한단다. 그래서 내 차에 NO의 N을 차에 그려놓은 것이라고 하네."

어디선가 안도의 한숨을 내쉬는 소리가 들린다. 휴, 도대체! 학생들은 선생님 들으라는 듯 큰 소리로 폐차 직원을 나무라고, 다들 서로 안도의 웃음소리를 내기도 한다. 저쪽 구석에서 두 명의 여학생이 키득거리는 소리가 들린다. 선생님이 무엇이 그렇게 우습느냐고 묻는다.

"그러면…… 선생님 차가…… 폐차할 정도로 낡았다는 것 같아서…… 큭?"

선생님도 학생들도 이 어이없는 상황에 같이 웃는다. 정말 우리 선생님의 자동차가 단숨에 폐차 판정이 날 정도로 낡았던 모양이다.

"폐차장 직원 말로는, 어느 주차장에서건 쭉 서 있는 차들을 보면 직업의식이 발동해서 폐차해야 하는 차는 단번에 알아본대. 이 학교에 들어와서 제일 먼저 눈에 들어온 것이 내 차였다고 한다."

학생들이 책상을 두들기고 발을 동동 구르며 웃는다. 이 웃지 못할 상황을 고맙게도 담임은 마치 희극처럼 이야기한다. 화를 내고 변명을 할 수도 있는데, 우리가 그동안 마음 불편해했을까 봐 일부러 즐겁게 해주시고 있는 듯하다.

"나도 내 차가 그렇게 낡은 상태인지는 몰랐다."

"차 한 대 사세요, 선생님!"

"돈이 어딨어? 당장 새 차를 살 수 있을 것 같지는 않은데, 하지만 걸어 다녀도 괜찮아. 내가 가르치는 학생들이 내 차에 낙서를 하지 않았다는 것이 무엇보다 기쁘다. 그동안 매우 힘들었거든."

선생님의 마지막 말을 듣고서 한 여학생이 훌쩍훌쩍 울기 시작한다. 선생님의 마음고생이 정말 느껴져서 그랬는지 이유는 잘 모른다. 사춘기의 여학생들은 잘 운다.

"우리는 선생님께 그런 짓 절대로 안 해요."

선생님의 눈에 이슬 같은 것이 반짝인다. 내 코도 시큰거린다. 나는 그 N 때문에 그 알파벳을 거꾸로 한 Z 사건에 말려든 셈이다. 선생님이 마음의 짐을 내려놓자, 우리의 마음도 가볍다. 그 와중에도 예강이 열심히 무엇인가를 적고 있다.

"그래서 말인데, 너희들에게 하나 물어볼 것이 있다."

"뭔데요?"

"너희들이 나에게 붙인 별명이 지랄공이라고 하던데, 맞아?"

아이들이 와하고 폭소를 터뜨린다. 합창이라도 하듯 여기저기 소리친다.

"네!" "네!"

"처음 그 별명을 들었을 때는 살고 싶지 않았다. 한데 별명의 사연을 듣고 나니 참 재미있는 별명이라는 생각이 들더라."

"아니에요, 선생님. 아무리 뜻이 좋아도 자칫 오해할 수 있는 표현은 안 쓰는 것이 좋겠어요. 우리가 새로운 별명을 찾아드릴게요. 별명으로 N은 어떠세요?"

아이들이 와하고 다시 책상을 치며 난리법석이다. 다들 홀가분한 기분이다. 담임은 큰 목소리로 말씀하셨다.

"이제 종례 끝!"

반장이 일어나서 경례라고 외쳤고, 우리는 "감사합니다." 목소리를 높이며 깊이 고개를 숙였다.

그날 저녁, 나는 집에 돌아와서 수일 남자 학교에 다니는 초영에게 전화를 걸었다. 초영은 자살 사건이 궁금해서 전화한 줄 알고 묻지도 않았는데도 냅다 정보를 쏟아낸다. 이전에도 여러 번 보란 듯이 높은 곳에 혼자 앉아 있곤 했던 학생이었다고 했다. 그럴 때마다 주변 사람들도 마음을 졸였다는 이야기를 들었을 때, 가슴에 먹먹한 통증이 왔다. 예전 같으면 그가 참 시시하게 죽었다고 생각했을 것이다. 한데, 지금은 그가 우리에게 하고 싶은 말을 제대로 할 수 없어서 했던 행동이 아닐까 하는 생각이 드는 것이다. 그 높은 곳에 올라

설 때마다 그는 무엇을 말하고 싶었던 것일까.

초영은 우리 담임 자동차 사건에 대해서도 알고 있었다. 단지 우리가 알고 있는 것과는 조금 차이점이 있었다. 아무리 폐차장 직원이 상식이 없기로 주인도 보지 않은 상태에서 자동차에 폐차 표시를 함부로 할 수 있었겠느냐는 것이다. 그것도 페인트로 말이다. 자동차를 착각한 것은 맞지만, 담임의 자동차에 표시된 N은 글씨가 10cm 정도에 불과했고, 언제든지 물걸레로 지울 수 있는 굵은 수성펜이었다고 했다.

뱃속에 들어간 사탕은 예술일까

9

본관 건물을 돌아 거친 시멘트 바닥이 깔린 뒷마당을 가로지르면 빛이 바랜 연두색 건물이 나타난다. 본래 용도는 체육관 전용이었다. 최근 학생들이 일제히 그곳 부속실로 이동하여 동아리 모임을 갖다 보니, 동아리동이라고 바꿔 부르고 있다. 동아리동으로 가면서도 어제 본 영화 '관상'의 한 장면이 계속 떠오른다. 아니 음향이 계속 들린다. 이마를 칼로 베던 소리 스윽.

체육관 1층에는 세 개의 다용도실이 있다. 배구공과 요가 매트가 들어 있는 첫 번째 방을 지나자, 나머지 두 개의 방이 보인다. 이 두 개의 방을 사진반, 수예반, 서예반을 비롯한 연극 동아리가 번갈아 사용하니, 모임 시간을 잡기가 쉽지 않았다. 연극 동아리 회원들도 소속된 반이 다르고 동선이 달라서 우리는 아예 토요일 오후에 모임을 잡았다. 세 번째 방에 연극반원들이 모여 있을 것이다.

'관상'의 음향 연출가는 수양대군이 사람의 이마를 칼로 벨 때의 음향 효과를 위해 별의별 짓을 다했다고 인터뷰에서 밝혔다. 등갈비, 양파, 귤, 장판 등 나중에는 기억도 못할 소재들을 긁어서 소리를 합쳤다는 것이다. 칼로 사람을 베는 소리를 어떻게 실제 잡겠는가. 휴, 한숨이 저절로 나온다. 단단한 물건들은 고사하고, 양파나 생선 등 냄새나고 물기 흐르는 것들을 집안에 들여 실험을 했다간 필시 쫓겨나고 말 것이다. 나는 사막에서 양을 잡는 소리를 내야 할지도 모른다.

체육관은 뛰고 던지고 구르며 시끌벅적 소란스러웠던 학생들의 소리를 머금고 새삼스런 침묵에 잠겨 있다. 세 번째 방도 어찌 된 일인지 앞의 두 방처럼 조용하다. 모임 시간은 이미 5분이 지났다. 먼저 도착한 녀석들이 얼쩡거리며 떠들고 있을 줄 알았는데, 인기척이라고는 없다. 어찌 된 일일까. 문을 열고 들어가니, 혼자 앉아 있다. 눈부신 햇살을 업고 앉아 있는 그녀를 바라보는 순간, 현기증이 인다. 대본의 수정 작업은 이미 끝난 상태인데, 무엇을 저렇게 열심히 쓰는 것일까. 조심스레 다가가니, 예강이 힐끗 나를 돌아본다.

"사전에 있는 단어들을, 왜 매번 수첩에 적니?"

이런, 아랫입술을 아프도록 깨문다. 조금은 인상적인 첫마디를 던졌어야 했다. 우리 둘만이 있는, 예강을 독점할 수 있는 좀처럼 찾아오기 어려운 이런 행운의 순간에, 내가 뱉어낼 수 있는 대화술은 기껏 이 정도다. 어머니가 왜 쓸데없이 물건들을 끌어들이느냐고 나에게 묻듯이, 나도 왜 쓸데없이 단어들을 수집하느냐고 묻고 만 것이다. 어머니만큼이나 고루하고 편견에 사로잡힌 질문을 던지다니! 사전에 있는 영어 단어를 뭐하려 외우냐는 질문과 다를 바가 없다.

"내가 수첩에 적은 것은…… 만유(萬有)랄까?"

그녀는 샘물처럼 맑은 눈으로 나를 바라본다.

"만유?"

"우주 간에 떠도는 모든 물건들이거나 생각들이지. 내 사전은 흔한 언어 사전들과 달라. 내가 발견한 물건들과 생각들을 모아 놓은 곳이거든. 하나의 단어를 더 알면, 세상의 비밀을 한 가지 더 알게 돼."

나는 그녀의 세상이 담겨 있는 수첩을 경이롭게 바라보면서 형언할 수 없는 감정에 젖어든다. 나도 매력적인 단어를 골라 보려고 애쓰다가 아무렇지도 않은 말투로 던지고 만다.

"퀴즈 프로그램에 사용할 단어들이니? 미래에 말이야."

"아니. 그런 단어들은 언어 사전에서 찾는 것이 더 정확할지도 몰라. 내가 선택한 단어들은 그런 곳에 사용할 것이 아냐. 진짜 내가 되고 싶은 '무엇'을 위해 쓸 거야."

"그것이 뭔데?"

내가 예강의 속마음을 물어볼 정도로 대담해진 것일까. 예강은 이 대화를 계속할지 말지 망설이며 나와의 거리를 조율하고 있다.

"우리말 퀴즈 프로그램은 내가 제일 좋아하는 프로그램이긴 해. 내가 진짜 하고 싶은 것을 많이 도와주거든. 하지만 내가 정말 원하는 일은 한두 마디로 설명하기 어려워. 함부로 말하면 상황이 곧잘 복잡해지거든."

그녀의 속마음의 창이 열리지 않는다.

"네가 진짜 되고 싶은 것이, 뭔데?"

"너는 잘 이해 못할 거야."

"그럼 어떤 사람이 이해하니?"

"그런 사람이 나타나면 알게 되겠지. 그런 사람에게는 설명조차 필요 없을 거야."

무안하고 서운해서, 나는 입을 삐죽인다. 그녀는 시선을 돌렸고, 나도 그녀의 시선을 따라 창밖을 바라본다.

"저렇게 비를 머금은 검은 구름을 매지구름이라고 불러."

내 뇌가 그녀의 말을 들으면 기뻐하는 이유가 이 때문이다. 세상의 사물들이 그녀의 입을 통하면 다른 형태나 색깔을 지니기 때문이다. 뇌가 기뻐하니, 심장이 뛰고, 손도 촉촉해지고, 내 긴 다리들도 작은 공간을 이리저리 서성인다.

"너는 지금 바장이고 있어."

예강의 입에서 나온 단어들은 내 입에서 피식피식 웃음이 새어 나오게 만든다. 음향 준비는 잘 진행되고 있느냐고 묻기에, 나는 답답한 마음을 토로한다.

"너는 좋겠다. 아무리 메모장에 단어들을 모아도 부모님이 그것을 꾸중하지는 않을 테니까."

"부모님과 싸우는 중이니?"

"소리를 연구하려면 많은 물건들이 필요해. 많은 소리들을 조합해야 하니까. 내 방에 물건이 쌓이게 마련이지. 부모님은 이를 못마땅하게 여기시는 거야. 일단 내 꿈이 시원찮다 여기시고, 내가 방안에 끌어들이는 물건들을 쓰레기 정도로 밖에 여기시지 않아. 또 피차에 말이 서로 잘 안 통해서…… 심지어 얼마 전에는 처음으로 아버지에게 뺨을 맞았어."

"너에게는 꼭 필요한 중요한 물건들이 부모님에게는 하찮게 여겨지는 거구나."

"맞아! 부모님과 갈등이 심해."

"뭐 별로 어려울 것이 없네. 네가 살고 있는 집은 부모님의 집이니까 부모님의 뜻을 존중하고, 네가 필요로 하는 물건들은 다른 곳에서 찾아 사용하면 되잖아."

"어떻게?"

"방법을 찾아 나가볼까? 우리는 제시간에 왔고, 친구들이 지각해서 우리 시간을 뺏고 있잖아. 우리도 그들의 시간을 뺏을 자격이 있어!"

예강의 일탈 의지에, 나는 당황해하면서도 적극적으로 합류한다. 그녀가 먼저 학교를 빠져나가고, 2분쯤 후에 나도 학교를 빠져나가는 계획이다. 연극 동아리 회원 중에 다른 반 학생 하나가 체육관 쪽으로 어슬렁거리며 오고 있는 것을 봤지만, 나는 눈길이 많은 곳을 피해 학교를 빠져나온다. 지나가던 사람들이 일제히 내 쪽으로 돌아볼 것 같아, 어쩌면 창가에 무심코 서 있던 선생님이 학교 밖으로 도망치듯 멀어져 가는 나를 알아볼 것 같아, 냅다 달린다.

예강도 약간 상기된 얼굴로 버스 정류장에서 서 있다. 나를 기다리고 있다. 우리는 무조건 제일 먼저 오는 버스를 잡아탄다. 버스가 급격하게 출발해서 우리는 거의 끌어안다시피 쏟아지면서 안쪽으로 들어간다. 자리에 앉자마자, 두 사람은 가쁜 숨을 몰아쉬며 미친 듯이 웃어댄다.

버스가 아낌없이 기쁘게 달린다. 우리의 심상치 않은 웃음소리에 슬쩍 뒤돌아보았던 중년 남자가 내리고 나자, 버스 안에는 기사까지 다섯 명이 남았다. 매지구름에 반쯤 가려 이름 모를 가로수들이 어두운 황금빛으로 눈부시다. 다음 정류소에서 버스를 반 정도 채울 무리가 버스에 올랐다가, 다시 그 반이 내리고, 그다음 정류소에서 다시 버스를 가득 채울 정도의 무리가 탔다가 거의 다 내렸다. 일시에 들어왔다가 조금씩 빠져나가는 버스 안의 물결이 몇 번이나 되풀이될 때까지, 예강은 노선표를 보거나 두리번거리지도 않고 앞만 보고 앉아 있다. 우리는 버스 기사가 가속 페달을 밟을 때마다 그 느낌을 몸으로 전달받아 함께 흔들리면서 작게 웃곤 한다.

예강이 내릴 채비를 한다. 아무것도 묻지 않고 그녀를 따라 내린다. 방향은 덕수궁 쪽이다. 먼지인지 꽃씨인지 가벼운 것들이 공기 속에 떠다니고 있다. 내 일곱 살의 손을 잡고 이 길을 걷던 아버지는 때때로 그 긴 다리를 접고 내 얼굴을 들여다보며 내 의견을 묻곤 했다. 지금처럼 고루한 어른이 아니었다. 아버지는 덕수궁에 나를 세워 놓고, 일본이 명성황후를 시해하는 을미사변이 일어나자 신변에 위협을 느낀 고종이 세자를 데리고 러시아공사관으로 피신했다가 덕수궁으로 거처를 옮긴 이야기도 들려주었다.

세월이 흘러 그 이야기가 아관파천이라는 것을 알았다. 이 궁궐의 본래 이름은 경운궁이었는데, 고종황제가 머무르면서 덕수궁이라고 부르기 시작했다던가. 당시 아버지의 눈 속에는 일본을 향한 분노나 증오가 조금 있었던 것 같다. 하지만 내 쪽으로 고개를 돌리는 순간, 아버지는 요즘 우리집 초롱을 바라볼 때나 짓는 그런 눈빛을 하고 계셨다. 요즘 나를 바라보는 아버지의 눈 속에는 당시 일본인을 향해 보였을 노여움이나 증오를 담고 있다.

토요일의 덕수궁 입구에는 많은 사람들이 서성대고 있다. 대부분 외국인이다. 오가는 언어들로 봐서 중국인이 대부분이고, 그다음이 일본인, 그리고 러시아인도 있는 듯하다. 대부분 카메라를 두 손으로 쥐고 있는데, 피사체를 앞에 두고 차례를 기다리고 있기 때문이었다. 덕수궁 입구에는 조선시대 복장의 수문장들이 서 있다.

"저들이 저곳에서 지금 뭐 하고 있는 것 같아?"

"수문장들이니까 덕수궁 문을 지키고 있겠지."

"정말 그렇게 생각해?"

예강의 포문은 항상 긴장감과 즐거움을 안겨준다. 수문장들이 문을 지키지 않으면 무엇을 지킨단 말인가? 가장 몸집이 크고 늠름한 수문장이 가운데 서 있다. 양옆으로 한 명씩 수문병이 버티고 있다. 양쪽 두 명은 긴 창을 들고, 가운데 수문장은 큰 칼을 차고 있다. 외국 관광객들은 가운데 수문장과 사진을 찍으려고 차례를 기다리는 것이다. 그와 찍어야 덕수궁을 배경으로 한 전체 각도가 나오는 모양이다. 수문장은 꼼짝 않고 선채로도 관광객들의 요구에 부응하려고 신경을 쓰는 눈치다. 수문장들은 덕수궁 문이 아니라 한국 전통과 관광객들의 관심을 지키고 있다. 진정한 의미의 덕수궁 문을 지키는 이는 입구 한쪽에서 입장권을 받는 40대 여인이다. 예강이 관광객들 구경에 여념이 없는 나를 잡아끈다. 예강이 이끄는 대로 걷는다. 덕수궁으로 들어갈 생각이 아니었던 모양이다. 예강은 덕수궁 옆길로 접어들고서야 내 팔을 놓는다.

"덕수궁 처음 봐? 네가 외국인 관광객인 줄 알았을 거야."

왼쪽의 현대식 건물들과 오른쪽의 덕수궁 돌담 사이를 우리는 걷고 있다. 16세기와 21세기를 잇는 경계의 길이다. 그림 같이 아름다운 길이다. 우리는 나무 사이의 오솔길을 걷고 다시 큰 도로로 나오는 등 조금 도는 여정을 거쳐, 한 멋진 건물 앞에 섰다. 아주 거대한 현대 조형물 같은 갤러리 안으로 들어간다.

“펠릭스 곤잘레스 토레스 알아?”

“펠릭스 곤…… 그게 뭔데?”

“나는 요즘 예술이 무엇인지 고민이 많아. 이곳이 세계적인 현대 예술가라고 불리는 펠릭스 곤잘레스 토레스 작품 전시장이야. 저것이 토레스의 작품인가 봐.”

우리 앞에는 한 트럭 분량의 사탕들이 쌓여 있다. 성인의 키 정도 높이의 사탕 무더기. 사탕을 그려 넣은 캔버스도 아니고, 전시대 위에 이리저리 붙이고 비틀어 놓은 사탕 조각품이나 소위 말하는 설치 미술품도 아니고, 특별한 방식으로 쌓아 놓은 사탕들도 아니다. 그냥, 말 그대로 사탕 무더기일 뿐이다. 큰 사탕 무더기가 세계적인 예술 작품이란다. 내가 내 방에 이렇게 많은 사탕을 쌓아 놓았다면 나는 정신병원에 끌려갔을 것이다. 갤러리에 사탕을 쌓아 놓았다고 누구나 예술가가 되는 것도 아니다. 그렇다면 예술이 무엇일까.

그때 남녀 한 쌍이 살며시 사탕을 한 줌 집어 나오는 발칙한 행동을 한다. 사람들의 눈에 띄지 않을 리 없다. 여자가 사탕을 까서 남자의 입에 먼저 넣어 주고, 자신의 입에도 넣는다. 작품에 손대지 말라고 사람들이 당장 만류할 줄 알았는데 전혀 다른 반응이 이어진다. ‘작품’ 주변에 둘러서 있던 사람들은 너나할 것 없이 사탕을 주머니에 집어넣거나 까서 입에 넣는다. 눈으로는 별 변화가 없지만, 저 사탕 무더기는 다른 상태의 작품이 된 셈이다. 놀란 내 표정을 본 예강이 속삭인다.

"사탕을 같이 나누어 먹는 것이 작가의 의도였대. 특이하지?"

순간 머리 뒤쪽에 번개가 치는 듯했다. 화가인 삼촌에게 들은 적이 있는데, '작품'은 화가나 구매자 외에 다른 이가 함부로 손대거나 소유하지 못하는 것이었다. 그런데 토레스는 마음대로 만지고 가져갈 수 있고 아예 먹어 치울 수도 있는 작품을 만들어 놓은 것이다. 예강은 갤러리의 다른 작품들을 보느라고 계속 움직인다. 나는 충격에 사로잡혀 따라다닌다. 작품들을 바라보는 예강의 눈빛은 옆에서 봐도 빛을 발하고 있다.

갤러리를 나서자 매지구름을 벗어난 태양이 환하게 빛나고 있다. 내가 방의 물건들 때문에 부모님과 싸운다고 했을 때, 예강은 이곳으로 나를 끌고 왔다. 이 간단하고도 난해한 전시회를 보여준 의도는 무엇일까. 우리는 직선거리로 큰 도로 쪽으로 나왔다. 예강은 덕수궁 앞에서 망설임 없이 버스를 잡아탄다. 앉을 자리가 없어, 우리는 600번 버스의 뒤쪽에 손잡이를 잡고 나란히 선다. 그녀의 고운 정수리가 보인다. 그녀가 묻는다.

"예술가가 된다는 것이 무엇이라고 생각해?"

"미친 짓과 예술이 비슷해 보여. 그런데 예술은 작가가 특별한 의도를 가지고 있기 때문에 우리의 생각이나 행동에 변화를 일으키는 것 같아."

예강의 얼굴이 천천히 변한다. 주근깨가 몇 알 앉아 있는 그녀의 얼굴이 내 심장을 사정없이 두들길 때가 바로 이런 미소를 지을 때다. 우리는 말의 고삐라도 풀린 듯 끊임없이 질문을 주고받는다. 저 사탕을 다 쓸어 가도 되는 것일까? 뱃속에 들어간 사탕도 예술일까?

버스에서 내려 한동안 걸어 들어가니, 서울에 이런 곳이 있나 싶을 정도의 한적한 주변이 펼쳐진다. 거의 집은 보이지 않고 듬성듬성한 밭과 언덕이 한가하게 펼쳐져 있다. 낡은 시골집 형상을 한 곳에 도착했는데, 개가 컹컹 짖는 고물상이다. 집이라기보다, 노천 창고다. 건물 안뿐만 아니라 바깥까지 물건이 넘치게 쟁여져 있다. 멀쩡해 보이는 냉장고, 빗물이 담긴 돌확, 정체를 가늠해 보기 힘든 거대한 비닐 뭉치, 고장 난 시계, 녹슨 철사 뭉치, 밥솥 등 더러는 중고로 분류될 물품들이 폐기된 상품과 버려진 생활 쓰레기 속에서 뒤범벅이 되어 작은 산을 이루고 있다. 없는 듯이 고물들을 한쪽에서 정리하던 자그마한 등이 우리의 기척에 고개를 돌린다.

"예강이 왔냐?"

엉거주춤한 자세로 우리를 바라보는 할머니 한분이 시야에 들어온다. 간신히 허리를 펴고 거북이처럼 팔과 다리를 휘저으며 다가온 할머니는 나를 힐끗 보더니 묻는다.

"예강이 남자 친구냐?"

"에, 예. 같이 공부하는 친구예요."

"공부하는 친구가 공부는 안하고 여기까지 왜 왔어?"

순간 개 한 마리가 컹컹거리며 나타났다. 예강은 할머니에게 개 이름을 묻는다.

"'고물개'라고 불러."

"할머니도 참. 아무리 고물상에 사는 개라지만 고물개라니요."

"사람들이 나를 고물 할머니라고 하니까, 개도 고물개지."

"그렇다면 저는 처음 보는 개니까 '신상'라고 부를 게요."

트럭 한 대가 고물상 안으로 들어온다. 할머니의 허리가 쭉 펴지는 듯하다. 트럭 문이 열리더니 외국인 남자 두 명이 내린다. 한 달에 한번 정도 오는 정기적인 손님이란다. 쓸 만한 물건들을 골라내서 자기 나라로 수출한다고 했다. 할머니는 그들에게 물건들을 가려 뽑아 놓았다며, 대여섯 대의 냉장고와 텔레비전, 연수가 꽤 되어 보이는 컴퓨터 류가 보이는 곳을 가리킨다. 얼굴이 가무잡잡한 남자는 물건 쪽으로 곧장 향했으나, 얼굴이 흰 남자는 우리가 보고 있는 물건에 관심을 가진 듯 다가온다. 우리는 유서 깊은 고택에서 뜯겨져 나왔을 나무문을, 동살이 한 군데도 손상되지 않은, 군데군데 구멍이 나 있지만 빛바랜 한지까지 제법 원형을 유지하고 있는 문을 보고 있었다. 자신을 마이크라고 소개한 외국인은, 한국에 있은 지 상당히 지났지만 종이를 바른 문은 처음이라고 했다. 쇠 문고리와 그 주변으로 말린 꽃잎과 단풍잎을 붙이고 창호지를 덧댄 부분을 신기하게 바라본다.

"하루 만에, 문 종이가 다 찢어버리지 않은까?"

마이크가 어설프게 할머니께 반말을 하자, 할머니는 빈정이 상한 듯 대답한다.

"찢는 손이 없으면 왜 찢어지겠어. 마이크, 모르면 말어! 그 물건은 팔 물건이 아녀."

할머니와 달리 예강은 손님을 쉽게 포기하지 않는다. 예강은 일부러 찢지 않으면 몇 년씩 놔둬도 찢어지지 않는 문풍지라며, 과거에는 전통 혼례 첫날밤에 사람들이 신방을 들여다보려고 구멍을 일부러 뚫었다고 일러준다. 마이크는 펄쩍 뛴다. 도무지 있을 수 없는 일이란다. 모든 동네 사람들이 작당하고 신방을 들여다보는 것은 집단으로 범죄를 저지르는 일이란다. 할머니는 웃으면서 옛날에는 다들 그랬단다. 신부가 어려서 신방에서 어떻게 해야 할지 몰라 혹여 불상사라도 생기지 않을까 해서 들여다보았단다. 그렇게 해야 나쁜 기운들이 오지 않는다고 믿었단다.

저쪽에서 냉장고 등을 살피던 남자가 우리 쪽으로 다가온다. 우리끼리 한 이야기를 전해 들은 남자는 묘한 웃음을 짓는다. 다음으로 두 외국인이 이해하지 못한 것은 매끄러운 다듬잇돌과 단단한 나무로 만들어진 방망이다. 할머니는 시골 고택을 정리하는 과정에서 문짝과 함께 온 것이라며, 옛날 생각이 나서 따로 모아 놓았단다. 나는 두 외국인에게 그것들이 무엇인지 맞혀 보라고 제안한다. 두 남자는 다듬이 방망이를 각자 하나씩 들고 허공을 휘둘렀다가 다듬잇돌을

툭툭 때려보기도 한다. 그들이 내놓은 첫 번째 상상력은 야구 방망이였고, 그다음은 다듬잇돌에 껍질이 있는 열매나 곡식을 두들기는 것이었고, 세 번째는 밤에 짐승을 쫓는 것이었고, 그다음은 사람을 때릴 때 쓰는 것이라고 했다가, 내 귀에 대고 변태들이 쓰는 것 아니냐며 낄낄거렸다.

"그것은 다리미야."

할머니가 참지 못하고 정답을 발설한다. 남자들은 방망이를 쥐고 어깨 죽지를 올리고 이해가 통 안 된다는 표정이다. 다림질하는 방법을 보여 달라고 해서 내가 방망이를 두들기는 시늉을 했더니, 그들은 그것보라며 무엇인가를 깨뜨릴 때 사용하는 물건이란다. 아이고, 답답해라. 미치고 환장할 노릇이다. "노! 노!" 내 국어 실력과 영어 실력을 여지없이 드러내고도 제대로 설득시키지 못하자, 예강이 아주 유창한 영어로 나선다.

"아저씨들 말도 맞아요. 다리미라고 해서 반드시 다리미로 사용할 필요는 없는 거지 뭐. 아저씨들 말대로 야구 방망이로도 가능할 거예요. 다듬잇돌에 열매껍질을 깔 수도 있겠지요. 곡식을 두들기는 데 사용할 수도 있어요. 그리고 예술의 도구로도 사용 가능할 거예요."

마지막 말을 하며 예강은 나를 쳐다본다. 두 남자는 선풍기 들 쪽으로 다시 발길을 돌리며, 부부 싸움할 때 사용하게 될까 봐 방망이는 사지 않겠다고 낄낄거린다. 나와 예강은 마주 앉아 방망이를 두 개씩 쥐고 다듬이질을 해본다. 쿵쿵쿵, 쿵쿵쿵. 심장이 뛰기 시작한다.

"옛날에는 삼희성(三喜聲)이라고 해서 마음을 기쁘게 하는 세 가지 소리 중에 다듬이 소리가 들어갔어, 글 읽는 소리, 갓난아이 우는 소리……."

한참 후에 외국인들은 트럭에 올라타더니 손을 흔들고 사라진다.

예강이 쌓여 있던 헌책들 속에서 한 권을 뽑아 온다. 제목은『장미의 이름』이다. 궁금해 하자, 1327년 이태리의 한 수도원에서 수도사들이 차례로 죽어간 원인을 밝히는 소설이라고 설명한다. 순간 예강이 대화술이 능한 클레오파트라 같은 매력을 지녔다는 느낌이 들었다. 클레오파트라는 알렉산드리아 도서관에서 많은 책을 읽었다는데, 예강은 어디서 저런 책들을 읽은 것일까.

"범인은 누구야?"

수도원에서 수도사들이 죽은 것은 독을 발라 놓은 줄도 모르고 금서를 읽었기 때문이란다. 책장을 넘기기 위해 손으로 침을 묻혔고, 손가락에 묻은 독이 혀에 닿아 독살된 것이었다는 것이다. 나는 무슨 책이기에 독을 발라 읽지 못하게 한 것인지 물었다.

"아리스토텔레스의 『시학』이라는 책이었어."

"아리스토렐레스의 『시학』이라면…… 인문학의 기본이잖아. 금서가 된 이유가 뭐지?"

"우리가 알고 있는 책은 아리스토텔레스의 『시학 1』이고 비극에 관한 것이잖아. 그런데 소설 속에서 문제가 된 책은 아리스토텔레스의 『시학 2』라는 희극에 관한 것이야. 희극, 즉 '웃음'에 관한 책이었어. 엄숙한 수도원에서는 사람들이 웃으면 불안감이 없어져 신을 믿지 않게 된다고 믿었던 모양이야."

예강은 눈썹을 위로 올려 이마에 주름을 잔뜩 만들더니 어처구니없지? 하고 묻는 듯한 미소를 지었고, 나도 그 웃음에 전념된 듯 낄낄거린다. 웃음에 관한 책을 읽지 못하도록 책에 독을 발라 두었다니 우리는 서로 마주보고 얼마나 웃어댔는지, 내 몸 안의 수백수천 개의 근육들이 일제히 이완하는 것 같다.

"학교 도서관에서 그 금서를 읽어 볼 수 있겠네."

"우리 학교 도서관에 그런 책은 없어."

"왜? 너무 오래된 책이어서?"

"아니, 세계 어디에서도 찾을 수 없을 거야. 아리스토텔레스의 『시학 2』는 없는 책이야."

예강에게 한대 얻어맞은 느낌이다. 나를 놀리는 것 같지는 않은데 도대체 무슨 말인가.

"아리스토텔레스가 『시학 2』도 썼다고 가정하고, 작가 움베르토 에코가 상상해서 쓴 것이거든. 정말 대단하지 않니? 나는 겨우 단어들을 모으는 수준인데."

"그럼 나도 『장미의 이름』을 한번 찾아 읽어 볼까?"

"그 책도 읽기 쉽지 않을걸. 나도 여러 번 시도했지만 성공하지 못했어. 이 책을 읽다가 힘들면 중간에 그만두어도 좋다고 작가가 적어 놓았을 만큼 어려워. 앞의 철학과 역사 등 엄청난 지식 부분만 참고 넘어가면 그 뒤로는 잘 읽힌다는데, 현재의 나로서는 무리야."

"네가 들려주는 줄거리는 어렵지 않은걸. 어떻게 읽지도 않은 책의 줄거리를 꿰고 있는 거야?"

"어머니가 이야기해주셨거든. 제대로 『장미의 이름』을 읽을 수 있을 정도로 내가 빨리 성숙했으면 좋겠어. 소설을 읽는다는 것이 줄거리가 전부는 아니니까."

예강의 눈이 어느 때보다 반짝인다. 순간, 그녀가 무엇이 되고 싶다는 고백을 나에게 해주었으면 좋겠다는 간절함이 솟구친다. 그녀가 속마음을 말해주는 상대가 나라면 얼마나 기쁠까.

"아리스토텔레스가 살아나서 움베르토 에코에게 '나는 그런 책 쓴 적 없다'고 할 수도 있겠네."

순간 예강이 고개를 휙 돌려 나를 쳐다본다. 눈빛이 전혀 곱질 않다.

"너는 그래서 안 돼."

가슴이 쿵하고 내려앉는다. 무엇이 그녀의 마음을 상하게 한 것일까? 예강은 입을 꾹 다물어 버린다. 우리 사이에 어색한 침묵이 흐른다. 그때 고물개 아니 신상개가 우리 곁으로 와서 애교를 떤다. 『시학 2』가 존재할 수도 있지 않을까 하고 생각해보지만, 소심해져 입을 열지 못한다. 나는 꼬리를 흔들며 서성대는 개에게 속으로 '장미'라는 이름을 붙여준다. 장미야. 그때 할머니가 어색해진 두 사람 쪽으로 다가온다.

"할머니, 이 친구가 원할 때 여기 물건을 무엇이든지 가져다 쓰게 해주세요."

"오냐."

너무나 간단한 대화로 예강이 나를 이곳으로 이끈 목적이 확실해졌다.

"고맙습니다, 할머니."

나는 엉겁결에 고개를 숙인다. 할머니는 내게 왜 고물이 필요한지 묻는다.

"내 물건들이 악기가 된다는 말이여? 하기야 요새는 별별 것을 가지고 소리를 내더만. 유리잔에다 물을 담아 놓고 당글당글 두들기니께 기차게 곱상한 노래가 나오더만. 나무나 켜던 톱으로 슬금슬금 문지르니께 신통하제 노래가 나오는 기라. 그 뭐라나 깡깡이보다 훨씬 큰 거하고 같이 노래를 만들고 하는 것도 봤제."

스마트폰에서는 계속 문자 신호음이 울리고 있다. 연극반 아이들이 우리를 집요하게 찾고 있다.

"돌아가자."

데이트를 마감하자는 이야기를 먼저 입에 올리면서, 내가 너무 못났다는 생각이 든다. 하지만 우리 부모님도 예강의 부모님도 걱정하고 계실 것이다. 할머니가 예강에게 줄 고구마를 싸러 간 사이에, 예강에게 말을 건넨다.

"늦었으니 부모님께 전화라도 드려."

나도 부모님께 문자라도 보낼 생각이었다. 그런데 예강이 뜻밖의 이야기를 한다.

"난 연락할 사람 없어. 부모님 안 계셔."

내가 잘못 들은 것이 아니라면, 이 무슨 억지일까. 예강은 이전에도 몇 번이나 부모님에 대해 이야기한 적이 있다. 『장미의 이름』을 이야기해준 사람도 어머니라고 하지 않았나. 그런 어려운 책을 읽을 정도의 어머니라면, 직업이 교수일 수도 있겠다는 생각을 한 지가 30분도 지나지 않았다. 그 사이에 돌아가시기라도 하셨단 말인가. 우리는 허리가 구부러진 할머니 앞에서 허리를 깊숙이 구부린다. 할머니가 인사말처럼 예강에게 말한다.

"1년 남았다!"

그 말이 무슨 뜻인지 모르지만 예강은 별다른 반응을 하지 않는다. 도리어 그 말을 한 할머니의 쭈글쭈글한 얼굴 주름 사이에서 형언하기 어려운 환한 미소가 번져 나오고 있다. 할머니의 고물상을 벗어나, 우리는 다시 버스를 탄다. 한참 만에 마음이 풀린 듯 예강이 입을 연다.

"고물상 할머니, 우리 할머니 아냐."

"그럼?

"돌아가신 할아버지의 여자 친구랄까?"

"돌아가신 할아버지의 여자 친구라면, 할머니는 돌아가셨니?"

"할아버지보다 일찍 돌아가셨지. 이 고물상은 할머니가 돌아가시고 나서 모으기 시작해서 된 것이니 온전히 할아버지 것이지. 할아버지의 유언이 이 할머니에게 고물상을 넘겨주라는 것이었어."

예강의 부모님에 대해 다시 물어보고 싶었지만 입이 잘 떨어지지 않는다. 부모님이 계신지 안 계신지가 존재 자체가 애매모호하다. 그래서 돌려 물어본다.

"할아버지가 유산을 왜 저 할머니에게 남겼니? 네 부모님께 남겨야 하는 거잖아."

"어머니와 아버지는 안 계시다고 했잖아. 나는 그때 너무 어렸고. 하지만 1년 후에 내가 넘겨받아야 해. 고물 할머니가 10년만 대신 지켜 주기로 했대."

예강이 고물상에 관심을 보이자 할머니가 매우 기뻐하신다고 했다. 그런데 갑자기 오른쪽 팔이 가렵기 시작한다. 일단 긁기 시작하니 금방 살이 부풀어 오른다. 고물상의 물건을 만져서 알레르기 반응이 온 것일까. 같은 물건을 만진 예강은 아무렇지도 않다. 다른 곳을 긁으니 다른 곳도 조그맣게 살집이 부풀어 오른다.

예강은 그 고물상에서 마음껏 소리를 연구하란다. 언제든지 무엇이든지 사용해도 좋단다. 그런 문제로 부모와 싸워서는 안 된다고 제법 어른스럽게 말한다. 나는 그러겠다고 대답한다. 행복한 느낌이 든다. 잔소리하는 여자 친구를 둔 느낌이랄까. 필요한 물건이 산더미같이 쌓인 작업실을 얻었을 뿐만 아니라, 예강과 나만의 비밀 공간이 생긴 셈이다. 이루 말할 수 없이 기쁘다. 게다가 오늘 우리의 일탈이 데이트가 아니고 무엇인가. 하지만 함께 버스에서 내려 서로 다른 방향으로 갈 때까지, 예강은 미래에 무엇이 되고 싶은지는 끝내 말하지 않았다.

집이 가까워질수록 마음이 점점 무거워진다. 내 생애 가장 아름다운 시간을 보냈는데도, 방탕한 시간을 보내고 집으로 들어가는 타락한 아들처럼 마음이 무겁다. 시간은 이미 10시를 넘어서고 있다. 전화 한 통 없이 이 시간까지 밖에 있었으니 큰 사단이 날 것이다. 집 앞에 다가가니, 내 냄새라도 알아차린 것일까. 초롱이 반가운 듯 컹컹거리더니, 동네가 시끄러울 정도로 짖어댄다. 가족들에게 나의 귀가를 알리는 듯하다. 초인종을 울리지도 않았는데, 드르륵 창문이 열린다.

"왔다!"

안의 부산한 소리가 바깥까지 들린다. 퍼붓는 소나기처럼 한꺼번에 꾸중이 쏟아질 것이다. 아버지는 아버지대로, 어머니는 어머니대로, 누나는 누나대로 나를 비난할 것이다. 나는 단단히 각오하고 있다.

초롱이가 반갑다고 사정없이 내 몸을 타고 오른다.

현관 안으로 들어서니 집안의 분위기가 이상하다. 어머니는 눈물이 글썽글썽하고, 아버지도 전혀 거칠지 않다. 당황스러울 정도로 관대한 태도들이다. 내가 늘어놓는 변명에도 전혀 이견을 달지 않는다. 아버지가 돌아온 탕아를 맞이하듯 말한다.

"배고플 텐데 젖은 옷 갈아입고 빨리 손 씻어. 밥이나 먹자."

그 사이 무슨 일이 일어났는지 모르지만, 어머니는 네 사람분의 밥을 퍼서 식탁에 올린다. 밤 10시가 되도록 아무도 저녁을 먹지 않은 모양이다. 식구들은 내가 가출을 했다고 여긴 것일까. 그들은 나에게 아무것도 묻지 않는다. 정말 오래간만에 가족과 함께 하는 식사였기에, 나도 이 자리를 망치고 싶지 않다. 게다가 내 방의 물건들을 단번에 처리할 방책을 찾아가지고 돌아왔기에, 아버지가 어떤 식의 공격을 해와도 대응할 방패가 있는 셈이다. 내가 느긋하게 저녁을 먹자 아버지도 마침내 밥을 드신다. 어머니는 냉장고에 넣어둔 음식들을 있는 대로 모두 끄집어내어 놓는다. 내 쪽에서 먼저 방의 물건들을 정리하겠다는 의사를 밝히려는 순간이었다.

"학교에서 연극 준비를 한다는 이야기를 들었다. 네가 음향을 준비하기로 한다는 이야기도. 그래서 필요한 물건들을 방에 모아 둔 것이라고 왜 진작 말하지 않았냐?"

"학교에서 연극을 한다는 이야기는 누가 했어요?"

"학교에서 전화가 왔어. 네가 연극 모임에 참석하지 않았는데, 어떻게 된 일이냐고?"

나와 연락이 닿지 않자 집으로 전화를 한 모양이다. 집에서는 내가 아무런 말없이 사라져 버린 것에 놀란 것이다. 방의 물건들 때문에 더 이상 연극을 할 수 없다고 여긴 내가 좌절해서 사라져 버린 것으로 가족들은 추측한 듯하다.

"진작 말했으면 방안에 놓인 물건들을 이해했을 거야. 앞으로는 네 물건에 되도록 간섭하지 않겠다."

"아니요. 앞으로는 제 방 물건 다 없애겠습니다. 시키는 대로 할게요."

순간, 아버지의 몸이 움찔하더니 다시 제자리로 돌아간다.

"네가 필요한 물건은 네 방이니 보관해도 된다."

"아니, 그러지 않아도 됩니다. 굳이 제 방에 보관하지 않아도 될 것 같아요."

나는 야외 실험장이 생겼다고 말하고 싶었으나, 그렇게 되면 오늘 누구와 함께 어떻게 그곳에 가게 되었는지 이야기를 해야 할 것이다. 그렇게 되면 애매하게 예강이 입에 오르내릴 것이고, 그렇게 나의 첫 데이트를 불편한 상상의 희생 제물로 삼고 싶지 않다. 두 남자의 뻣뻣한 대화를 보고 있던 어머니가 거든다.

"아버지가 괜찮다고 하시잖아. 앞으로 네 방의 물건 건드리지 않을 테니……."

어머니는 그쯤에서 말을 멈춘다. 어머니는 얼굴이 핼쑥하다. 나는 어머니께 진심을 담아 말한다.

"어머니가 시키는 대로 할게요. 앞으로 제 방 깨끗하게 치우겠습니다."

순간, 아버지가 숟가락을 탁하고 놓는다. 나도 누나도 어머니도 숟가락을 쥔 채 아버지를 바라본다. 가지고 있겠다고 할 때는 기를 쓰고 말리더니, 이제는 치우겠다고 하니 쌍수를 들고 반대를 한다. 아무리 애써도 이해가 안 된다. 그때 누나가 참견을 한다.

"야, 야, 청개구리처럼 꼭 살아야겠어? 괜찮다면 괜찮은 거야."

나는 숟가락을 놓고 만다. 오후에 쏘다니느라고 심하게 배가 고픈데 저녁밥도 제대로 못 먹고 방으로 돌아오고 만다. 아버지와 어머니가 나 때문에 또 말다툼을 하는지 거실이 소란스럽다.

씻고 잠자리에 들어 낮의 여정을 되씹고 있는데, 노크 소리가 들린다. 나는 화들짝 몸을 일으켜 세운다. 아버지가 들이닥칠 것인가. 나는 잔뜩 긴장한 상태로 문을 열지 않고 서 있다. 내 속의 (나)는 잠잠하다. 살그머니 문이 열리더니, 누나의 얼굴이 쑥 들어온다.

"뭐해?"

"뭐하다니?"

"뭐하냐고?"

"뭐하는지 왜 궁금한데?"

눈동자가 포도처럼 동그랗고 새까매서 누나를 한번 쳐다보면 상대방은 저절로 마음이 누그러진다. 피부도 뽀얗고, 다리도 길고, 또 불문학을 전공해서 그런지 묘하게 마음을 끄는 발음을 송송 내뱉는다. 저 얌체 입상에게 나도 저절로 고개가 돌아갈 정도니, 다른 사내 녀석들도 충분히 반할 만하다. 진실을 말하면 주변 사람들이 생각하듯 누나는 그렇게 고고하지도 순수하지도 않다. 누나는 아버지를 포함해 언제나 자신을 숭배하는 남자들 속에 파묻혀 있기에, 나의 숭배까지 은근히 바라는지 내 앞에서는 더 콧대를 세우고 흥흥거린다. 내 방의 이것저것을 들쳐본 누나가 말한다.

"이런 물건들과 놀면 지루하진 않겠다."

내 방에 온 목적이 있을 것이고, 누나는 그것을 오래 숨기지 못한다.

"너도 말버릇 좀 고쳐. 네 나이 때는 욕설을 내뱉고 싶은 욕구가 있다고 아버지를 설득하긴 했지만, 아버지에게 지랄하고 자빠져가 뭐니?"

누나는 부모님의 특명을 받고 나름 나를 달래기 위해 온 것이다. 지혜로운 할머니처럼 열여덟 번째 낙타를 끌고 왔을까? 그 생각을 하자, 내 기분도 조금 수그러진다.

"가출했다가 갈 때가 없으니까 다시 집으로 들어온 거지. 그러다간 너 아예 집에서 쫓겨나는 수가 있어."

이 기회를 놓치면 내 진실이 영원히 묻힐 수도 있다. 아버지와 어머니는 완전 오해하고 계신다. 내가 직접 말할 용기가 없다면, 누나를 통해서라도 진실을 전해야 한다. 내 상황과 마음을 부모님께 이해시키지 않으면 형편없는 놈으로 남고 말 것이다. 나는 차분하게 이야기를 시작한다. 우리 반이 학교 전체 성적 1등을 하자, 담임 지 선생님이 지나치게 기뻐하며 흥분한 나머지 룰루랄라 춤과 함께 노래를 부르며 복도를 걷다가 넘어진 사건을 이야기한다. 지랄공이라는 별명에 담겨 있는 선생님의 노고와 그분에 대한 우리의 신뢰가 얼마나 컸는지, 그리고 자동차 도색 사건으로 선생님이 마음이 상하신 것과 그것이 잘 해결된 것에 대해 차근차근 토로한다. 스파이는 내 말에 제법 귀를 기울인다. 내가 고집을 꺾고 방문을 열고 나오도록 만들면 구두나 값비싼 백을 선물 받기로 했을 가능성도 있다. 내 이야기를 다 들은 누나는 전혀 뜻밖의 반응을 한다.

"그놈하고 헤어지지 않았다면, Z의 발음을 제대로 물어볼 수 있었을 텐데!"

누나는 영어를 모국어로 사용하는 남자 친구와 최근 이별했다. 누나는 아직도 그놈에게 미련이 남아 있는 것이 분명하다. 동생이 영어 발음 때문에 고충을 당했다는 사실보다 그의 부재가 더 가슴 아픈 것이다. 누나는 항상 자기가 남자를 찼다고 했지만, 그에게 차인 것이 분명해 보인다. 눈가가 촉촉해진 예쁜 스파이가 부모님에게로 달려간다.

한참 만에 누나가 다시 내 방으로 돌아왔다. 부모님이 내 이야기에 약간 놀라셨다고 전한다. 누나는 내 문제에 대한 해결책을 가지고 왔단다. 그 해결책이라는 것이 누나가 외국인 친구를 구해 나에게 소개하기로 한 것이다. 기가 막혀 웃음이 나온다. 지금의 내 문제는 영어 실력이 부족해서 생긴 것이 아니다. 이 해결책은 외국인 남자 친구를 잃은 누나가 다시 새 애인을 찾겠다는 것이고, 미래의 남자 친구를 공공연하게 가족에게 소개하겠다는 전략이다. 부모님은 누나의 계략에 말려든 것이다. 그것도 아니라면 내가 오늘 가출을 시도했다고 믿고, 재발 방지를 위해 화해의 몸짓을 던진 것이다.

"네 친구가 될 테니, 네 방을 같이 쓰면 되잖아. 덕분에 방도 좀 정리하고."

아, 부모님은 내가 외국인 친구와 같이 방을 쓰면서 체면 때문에 억지로라도 방을 깨끗하게 치울 뿐만 아니라 영어 말하기 실력까지 높일 것이라는 일거양득을 꿈꾸고, 누나는 영어를 배우면서 어쩌면 약간의 이국적인 로맨스까지 이루려는 일거양득을 꿈꾸고 있다. 누나는 집요하게 예스를 강요한다. 누나는 항상 이런 식이다.

누나의 집요함에서 벗어나기 위해서는 말머리를 돌려야 한다. 나는 남자 친구와 왜 헤어졌느냐고 묻는다. 외국말을 배우기 위해 친해졌는데, 외국말을 점점 잘하게 되자 많이 싸워서 헤어지게 되었단다. 그러면서 나에게 여자 친구가 있느냐고 묻는다. 나는 없다고 대답한다. 누나는 왜 여자 친구가 없느냐고 묻는다. 나는 모르겠다고 대답한다. 누나는 왜 없는지 생각해보라고 한다. 문제가 있으면 도와줄 수 있단다. 자신의 문제도 해결하지 못해 남자 친구와 헤어진 주제에, 남동생의 연애를 상담해주고 싶어서 안달이다. 마음에 은근히 두고 있는 여학생이 있느냐고 묻는다. 있다고 대답하면 누나는 쪼르르 달려가서 부모님께 일러바칠 것이고, 아니라고 하면 내가 거짓말을 하는 것이 된다. 내가 미적거리자, 누나가 말한다.

"이러니 여자들이 답답해할 거야. 여자들은 재미있는 남자를 좋아해. 혀 좀 놀려."

누나가 나가고 나자, 새삼스레 누나의 조언이 뼈아프게 마음에 걸린다. 여자들은 표현하는 남자를 좋아한다고 하니, 오늘 즐거웠다고 예강에게 문자라도 띄워볼까 생각이 든다. 스마트폰을 들여다보니, 맙소사! 카톡에는 적어도 몇십 통 메시지가 도착해 있다. 단톡방을 여니 몇 개의 사진이 들어 있다. 제목은 다음과 같은 것이다.

얌전한 고양이들! 덕수궁 데이트하다!

덕수궁 앞에서 수문장들을 바라보는 나와 예강의 모습을 찍은 사진들이다. 이어 유사한 사진들이 도배를 하고 있다. 그중에서 특히 나의 팔을 잡아끄는 예강의 사진이 토픽으로 올라와 있다. 동아리 모임에는 오지 않고 데이트하러 나간 우리를 제명할 것인지에 대한 논의가 분분하다. 동아리 회원의 본분을 저버린 행위라는 비난에서부터 우리의 말부터 들어보자는 온건파의 의견도 올라와 있다. 나는 다시 방문을 걸어 잠근다.

개와 늑대의 시간

10

해가 저물고 있다. 날이 저물어 퍼지던 붉은 기운이 푸른 색으로 변해 갈 즈음, 교실마다 형광등이 환하게 켜진다. 개와 늑대의 시간! 진로 탐색 시간에 학교에 초청되어 강연을 했던 한 영화감독이 알려 준 표현이다. 다가오는 물체가 나에게 충성할 개인지 나를 공격할 위험한 늑대인지 구분할 수 없는, 주변에 어둠이 내려앉는 이런 모호한 시간을 개와 늑대의 시간이라 부른단다. 그런 즈음이 우리의 야간 자율 수업이 시작된다.

낮과 밤의 경계가 모호해지는 이 시간대에, 나는 어느 때보다 멍을 즐긴다. 해가 내려가는 바깥 풍경을 보고 있으면, 어둠이 온 세계를 평온하게 정복하는 느낌이다. 기염을 토하던 낮의 기운들이 천천히 가라앉으면서, 정체를 알 수 없던 불안감까지 깨끗하게 사라지는 것이다. 다른 사람들의 눈에는 멍 때리는 모습이겠지만, 나에게는 더할 나위 없이 충족된 시간이다. 저녁 식사로 영양이 채워진 상태에서 다시 야간 자율 학습을 해야 하는 상황이라, 내 나름 터득한 집중을 위한 과정이기도 하다.

학생들은 환하게 밝혀진 형광등 아래서 정신이 말짱하게 살아나 있다. 새벽부터 일어나서 학교에 와서 종일 공부하고 이 시간대가 되면 녹초가 될 것이라고 부모들은 생각하겠지만, 사실은 정반대다. 우리는 새벽에 일어나서 비몽사몽 학교에 오고, 아침도 제대로 먹지 못해 빈속으로 오전 내내 힘없이 비실대다가 점심을 먹게 되면 이번에는 갑자기 올라오는 포만감 때문에 오후 내내 졸다 깨다를 반복하면서 부족한 잠을 거의 다 채우게 된다. 그 탓인지 저녁을 먹고 난 이맘때가 되면, 학생들의 정신은 말긋말긋해지고 원기까지 왕성해진다. 목소리가 커지면서 활동도 민첩해진다. 야간 자율 학습시간을 시작한지 10여 분이 지났지만 지도 선생님의 순시는 없다. 교실은 거의 잡담으로 시간이 흘러가고 있다.

2학년 교실이 있는 크림색 건물 뒤쪽에는 작은 언덕이 있다. 그 언덕은 학교 담장 바깥에 있을 뿐이지, 너무나 바싹 붙어 있어서 마치 학교의 일부나 다름없게 느껴지는 공간이다. 학교 뒤 담장에서 그 언덕으로 뛰어내리는 학생이 있을 정도다. 무심코 그곳을 바라보노라면 때때로 불빛 밑에서 공부하고 있는 우리의 모습이 거꾸로 유리에 비쳐 보이곤 했다. 거울 속에 들어온 듯, 투명하고 단단한 유리 속에 갇혀서 움직이고 있는 우리들을 발견하는 것이다. 그럴 때면 내가 나를 만난 듯 화들짝 놀라곤 한다. 그런데 어느 순간 눈앞에 나타난 것은 교복 차림이 아니었다.

한 사내가 서 있다!

2미터는 될 성 싶은 장신에, 일자형 몸을 가진 사내다. 나는 언덕을 줄곧 보고 있었는데, 어떻게 내가 보지 못하는 사이에 그 자리에 와서 섰는지, 언제부터 그렇게 서 있었는지 짐작이 가질 않는다. 유리창 밖의 어둠과 교실의 불빛이 겹쳐, 마치 흔들려서 찍힌 사진 속처럼 윤곽이 선명하지 않은 시야 속에 꿈결처럼 한 사내가 서 있다. 처음에는 허상이려니 했다. 장대처럼 길쭉하게 서서 우리를 바라보고 있는 그는 우리에게 말을 하고 싶어 하는 것 같기도 하다. 학생들은 그 누구도 관심이 없다.

그 사내의 얼굴이 내 쪽으로 향한다. 그는 작정하고 내 눈을 쳐다본다. 나는 그의 시선을 피할 수가 없다. 두 눈이 딱 마주친다. 눈이 서로의 눈 속으로 빨려 들어간다. 눈끼리 수갑이라도 찬 것처럼 꽉 조여 눈알조차 움직일 수 없다. 순간 그가 천천히 움직이기 시작한다. 나를 위해 마술쇼라도 펼치는 듯, 그는 자신의 입을 크게 벌린다. 그 검은 구멍에서 기다란 것이 천천히 나온다. 나는 무엇인지 자세히 보려고 어둠 속의 사내를 눈을 찡그리고 바라본다. 혀다. 혀 사나이다! 물리 선생님이 말씀하셨던 바로 그 존재다. 혀 사나이! 우체국에 서서 사람들이 우표를 붙일 수 있도록 침을 빌려주던 사나이…… 그가 왜 이 언덕에…… 언덕 위에 그가 서 있다니!

그 순간이었다. 갑자기 교실이 뒤집어지듯 요동쳤다. 학생들이 쓰나미에 떠밀린 듯 일제히 창가 쪽에 옮겨져 있다. 기쁨인지, 고통인지, 가늠할 수 없는 괴성이 학생들의 입에서 내질러진다. 무슨 사건이 터진 것이 분명하다. 이런 날렵하면서도 흥분에 찬 움직임은 불이 났을 때를 대비해 소방 훈련을 할 때도 보이지 않던 것이다. 여태 어떤 상황에서도 이처럼 일사불란하게 움직인 적은 없었다. 게다가 이 갑작스러운 소란은 우리 교실에서 옆 교실로, 그 옆 교실로, 그 옆 교실의 옆 교실로, 물결처럼 퍼지고 있다. 학생들이 혀 사나이를 보려고 일제히 아우성치며 유리창에 매달리기 시작한 것이다.

학생들은 유리창 가까이에 다가가기 위해, 마치 들통 속의 게들처럼, 필사적으로 서로를 타고 밀어내고 있다. 하지만 이미 늦었다. 그가 이미 혀를 입안으로 완전히 집어넣은 후다. 학생들이 바깥으로 시선을 맞췄을 때, 언덕 위의 사나이는 바바리 자락을 휘날리고 있을 뿐이다. 내 앉은자리에서 사내의 표정이 생생히 보였다. 사내는 나의 시선을 피하지 않는다. 그는, 유리창에 매달려 있는 학생들은 전혀 상관이 없거나 눈에 보이지 않는 듯, 나만 바라본다. 나는 그가 혀를 제대로 집어넣은 것을 보고 안심한다. 그때 교실로 야간 자율학습을 지도하시는 선생님이 들어오시면서 큰소리를 치신다.

"모두 제자리로! 모두 제자리로! 창가에서 떨어져!"

학생들은 더 매달린다. 선생님은 더 큰소리로 학생들을 창에서 떼어 내기 시작한다.

"모두 창가에서 떨어져!"

아이들이 일제히 선생님께 혀 사나이를 일러바친다.

"선생님, 바바리맨이에요."

"선생님, 바바리맨이 왔어요."

"선생님, 바바리맨이 아까부터 서 있었어요."

조용히 앉아 있는 사람은 나뿐이다. 선생님은 아직도 창가에 붙어 있는 학생들의 등짝을 때리며 소리친다.

"자리로 돌아 가, 자리로 돌아 가."

남학생들은 하나둘 자리로 돌아갔지만, 여학생들은 여전히 창가에 매달려 있다. 창밖의 사내가 떠나려 하는 몸짓을 보인다. 몇몇 남선생님들이 그쪽으로 다가가고 있는 모양이다. 그때 그의 눈이 내 눈과 다시 마주친다. 나는 더 있지 말고 가라는 마음을 전한다. 그는 이내 돌아선다. 그리고 천천히 어둠 속으로 사라져 간다.

아저씨, 또 오세요!

그때 교실에서 한 여학생의 목소리가 터져 나온다. 그 소리에 교실이 다시 발칵 뒤집어진다. 학생들이 책상을 치고, 서로를 때리고, 깔깔거린다. 창가에 남아 있던 학생들도 똑같이 소리친다.

아저씨, 또 오세요!

선생님은 우리를 나무랄 엄두도 내지 못한다. 간신히 제자리에 앉은 학생들에게 어떻게 된 사연인지 물었을 뿐이다. 학생들은 저마다 자신이 본 것을 두서없이 이야기한다. 하지만 정말 내가 본 것처럼, 사나이가 자신의 입을 열어 내밀어 준 혀를 본 녀석은 없다. 담임은 자율 학습을 계속하라고 종용하고, 우리는 나름 분위기를 정돈한다. 하지만 소곤소곤 이야기가 멎질 않는다. 저마다 수군거리고, 킥킥거린다. 선생님은 그의 치부를 본 사람이 없는 것으로 여기고 안심하는 눈치다. 바바리를 입었다고 모두 바바리맨은 아니라며, 진짜 바바리맨이 근처에 나타났는지 학교 차원에서 조사할 것이란다. 선생님은 서둘러 교무실로 사라진다.

선생님이 사라진 교실은 더할 나위 없이 활기차다. 우리는 한껏 떠들어댄다. 이렇게 큰소리로 웃으면서 마음껏 이야기해 본 적이 없다. 그런데 이제 교실은 오로지 한 가지 이야기로 소란스럽다. 둘이서, 혹은 앞뒤로, 저마다 모여서 수군거린다. 여기서 하는 이야기나 저기서 하는 이야기나, 이야기가 슬쩍슬쩍 들려도 무슨 이야기인지 서로 다 알고, 이쪽에서 던진 한 마디에 교실 전체가 마치 웃음 폭탄이라도 터진 듯 웃고 저쪽에서 던진 한 마디에 교실 전체가 폭소에 잠겼다.

"왜 여자 바바리는 없는 거야?"

누군가가 이 말을 뱉어냈을 때 교실은 다시 뒤집어졌다. 학생들이 일제히 책상을 치기 시작한다. 다다다다다다, 책상

치는 소리에 교실 바닥이 내려앉는 듯하다. 격렬한 웃음 때문에, 배꼽이 빠진다는 말이 무슨 말인지 실감이 난다. 반쯤 책상에 쓰러지거나 눈물을 흘리기까지 한다. 그 시간대에 흔히 느끼는 피로감이나 무력감들이 우리 주변에서 싹 사라진 느낌이다. 옆 좌석의 내 짝은 자신이 본 것을, 자리에 앉아 있어서 미처 보지 못했을 나에게 열심히 설명을 해댄다. 나는 듣는 척할 뿐이다. 지금 교무실에서는 대책을 세우느라고 심각한 상태겠지만, 우리는 금기가 깨진 현장에서 처음으로 온전하게 소통하고 있다.

교실은 웃음기가 가라앉더니, 조금씩 조용해지고 있다. 어둠은 깊어지고, 학생들은 하나둘 책상 앞에 놓인 책으로 고개를 숙인다. 집중하기 시작한다. 한껏 떠들고 난 학생들이 차분하게 공부를 시작한다. 선생님의 지도도 없는 상태에서 이렇게 어른스럽게 공부하는 녀석들의 모습은 처음 있는 일이다. 우리에게 무슨 일이 일어난 게 분명하다. 우리는 갑자기 성숙해져 버린 듯하다. 나도 오래간만에 공부에 집중한다.

우리가 교실을 나간 것은 밤 10시쯤이다. 바바리맨의 출현에 대해 교장실에서 나온 대책은 귀갓길에 팀으로 함께 돌아가는 것이다. 밤 9시 30분쯤에 지도 선생님이 들어오셔서 집이 같은 방향의 학생들을 묶어 주기 시작했다. 그 팀의 중심에는 여학생들이 있었다. 귀가 시 여학생들은 같은 방향의 남학생의 에스코트를 받으며 집으로 가게 된 것이다. 바바리맨이 학교 주변을 맴돌다가 여학생들을 놀라게 할까 봐 급하게 짜낸 조치 같았다. 그래서 같은 방향으로 그룹이 만들어졌다. 그런데 그중에서 예강과 다른 여학생 한 명은 같은 방향의 남학생이 없었다. 나는 예강과 정반대 방향이어서 나서기에는 무리가 있었고, 나선다 해도, 방향이 반대인 사람들끼리 묶어줄 리도 없었다.

"니모, 무슨 일로 손을 들었지?

학생들이 전부 뒤쪽을 바라본다. 의젓하게 앉은 니모(다른 사람들은 그를 형이라고 불렀지만 나는 그러고 싶지가 않다.)가 긴 팔을 높이 들고 있다.

"선생님, 제가 예강의 집 방향으로 돌아서 가겠습니다."

순간 심장이 쿵하고 내려앉는다. 용기를 내지 못한 내가 쭈그러진다.

"그렇게 해주겠니? 그렇게 해도 되겠어?"

"한 20분 더 걸리는 것이니까 문제없어요."

순간 나는 예강이 거절해주길 바란다. 혼자 씩씩하게 갈 수 있다고 말해주길 바란다. 학생들도 예강의 반응을 지켜보고 있다. 예강은 사람들의 도움을 요청하거나 기대는 성격이 아니었기에, 혼자 가겠다고 발딱 일어날 수도 있다.

"니모가 같이 가 줄 테니 걱정하지 마."

선생님의 말씀에 예강은 가만히 듣고 있다.

"인숙이만 남았는데, 선생님이 차로 가면서 내려주고 가겠다."

우리는 각각 팀이 되어 학교를 나선다. 우리는 삼삼오오 짝을 지어 교문 쪽으로 걸어가고 있다. 니모와 예강이 나란히 걸어가는 뒷모습을 무리 속에 섞여 바라보고 있다. 니모는 우리 동기보다 세 살이나 많고 머리 하나는 더 있을 정도로 크다. 그 때문인지는 몰라도, 니모가 예강을 에스코트한다는 것을 오빠가 여동생을 보살펴준다는 느낌으로 친구들은 받아들인다. 니모가 예강을 단단히 잘 지켜 주리라 믿는 것이다. 왠지 그 둘의 관계에 대해서는 적잖은 안심을 한다. 나는 니모가 늑대일지 개일지 혼란에 빠져 있다. 예강이 뒤를 한번이라도 돌아봐 준다면, 그녀가 니모를 거절하지 않은 잘못을 용서해줄 생각이었다. 나는 갈수록 초조하고 비참해지지만, 그들은 다정하게 교문을 나서고 있다. 전혀 오빠와 여동생처럼 보이지 않는 남녀가 교문 밖 어둠 속으로 천천히 사라져 간다.

11

일식집은 전면이 통유리로 되어 있어, 바깥 풍경이 훤히 내다보인다. 어머니는 한껏 들떠, 아버지는 직장에서 일 마치는 대로 식당으로 곧장 오신다며 했던 말을 반복해서 전한다. 일식집은 우리 집에서 그리 멀지 않기에, 어머니와 누나와 나는 걸어서 도착했다. 어머니의 성화에, 약속 시간보다 그리고 아버지보다 한참이나 일찍 도착한 셈이다. 어머니는 앞에 놓인 컵에 물을 따라 주며 행복한 표정이다. 제대로 외식한 지가 2년이나 되었다고 말씀하신다. 아버지와 나의 대립이 시작된 시기와 거의 맞물린다. 어머니는 이 외식이 나를 위해서라고 몇 번이나 되풀이한다.

아버지가 먼저 외식을 제안하셨다며, 이왕 이렇게 나왔으니 즐겁게 식사하고, 아버지와의 관계도 풀어보라고 또 되풀이한다. 어머니의 흥분과 염려가 뒤섞인 수다가 반복되니 집중하기가 쉽지 않다. 나는 바깥 풍경을 내다보면서 어머니의 말에 귀를 기울이는 척한다. 누나는 스마트폰을 슬쩍슬쩍 자주 들여다보며 어머니의 말에 귀를 기울이는 척한다. 식당 앞에 한 청년이 식당으로 들어오는 차들을 안내하고 있다. 들어오는 차가 없을 때는, 청년은 벌이라도 서듯이 한 곳에 서 있다. 키가 크고 몸이 일자형으로 날씬해서 눈길을 끈다. 실루엣이 어디선가 본 듯하다는 생각이 들지만, 돌아서 있는 그의 얼굴은 짐작이 가지 않는다.

"아버지 차다."

누나가 미끄러지듯 들어오는 차를 알아보고 소리친다. 세 사람의 눈들이 아버지의 차를 따라 움직인다. 아버지가 차에서 내리자 식당 앞에 서 있던 청년이 아버지의 차에 올라탄다. 그리고 그 차를 주차하느라고 이리저리 서너 번 비틀더니 마침내 빈 공간에 자로 재듯 정확하게 차를 세운다. 아버지는 안심이 안 되는지 청년이 차를 제대로 세울 때까지 감시의 눈길로 지켜보면서 그 곁을 떠나지 않는다. 청년은 완전히 주차한 후 시동을 끈다. 청년은 천천히 고개를 든다. 저 사람이, 누구지?

혀 사나이!

자동차들 사이를 빠져나온 아버지는 입구 쪽으로 걸어온다. 어머니는 활짝 웃으며 아버지를 눈으로 좇는다. 누나가 아버지께 계속 손을 흔들어댄다. 나는 아버지의 모습을 보다가, 눈으로 청년을 따라간다. 분명 낯설지 않은 청년이다. 나는 홀린 듯 그에게서 시선을 뗄 수가 없다. 그 청년은 아버지의 차에서 내려 손에 든 열쇠를 든 채로 이쪽을 바라보지만 나를 알아보지 못한다. 나는 정신을 차리려고 고개를 흔든다. 아버지가 상기된 얼굴로 우리 쪽으로 다가온다. 아버지는 어머니가 의도적으로 배치한 내 앞의 빈자리에 앉는다. 아버지는 기분이 좋으신 듯하다.

"아버지, 왜 저 청년에게 주차를 맡겼어요?"

인사하는 것도 잊은 채, 나는 급하게 묻는다. 아버지는 내가 먼저 말을 건 것을 호의로 받아들인다. 앞에 놓인 물티슈로 손과 얼굴을 닦으며 나를 향해 활짝 웃으신다. 아버지가 직장에서 여기까지 잘 운전을 하고 왔으면서, 주차 임무를 저 청년에게 떠맡긴 이유가 궁금하다. 동시에, 다들 혀를 가지고 있으면서 굳이 사람들이 사나이의 혀를 빌린 것이 궁금해진다.

"발레파킹이라고 하는 서비스지. 왜?"

"운전 잘 하시면서, 주차는 왜 저 사람에게 시키는지 궁금해서요."

"손님 많이 오라고! 주차 공간이 좁으니까 그 공간을 알아서 정리하는 셈이지."

누나가 거든다.

"야, 외국에는 공중화장실 앞에 서서 두루마리 휴지를 떼어주는 사람도 있대. 넌 화장지를 뗄 줄 아니 네가 떼겠다고 우길 셈이니?"

"……."

"우리 물리 선생님은 우체국에서 우표 붙일 때 혀를 빌려주는 사람도 있다고 했어요. 여태 믿지 않았는데, 그것이 가능할 것 같아요."

긴장해 있던 어머니가 호호호 웃는다.

"우리 문복이가 아버지 말을 이해한 모양이네."

어머니는 오래간만에 아버지와 아들이 말을 섞는 모습이 흐뭇한 모양이다. 주문을 받으러 온 매니저가 술도 필요하냐고 묻는다. 아버지는 맥주를 주문하면서 잔을 네 개 가져오라고 한다. 우리 앞에 맥주가 놓일 때, 나는 분위기를 살리기 위해 애써 말한다.

"수업시간에 미래에 무엇이 되고 싶은지 말하는 순간이 있었는데, 한 학생이 와인 소믈리에가 되고 싶다고 했어요."

"와인 소…… 뭐라고?"

어머니는 무슨 말인지 알아듣지 못했다.

"와인 맛을 감별하는 직업이에요."

"하필이면 술을 맛보는 직업이라고? 선생님이 그런 소리 듣고도 아무 말도 안 했어?"

"우리 나이에 소믈리에를 하는 것이 아니라 장차 그런 직업을 갖고 싶다는 뜻이에요. 선생님도 고개를 끄덕이셨어요."

그때 아버지께서는 우리 앞에 도착한 세 개의 잔에 맥주를 채우고, 나머지 하나에 콜라를 채우고 나누어 준다. 나는 음료수를 마시기 전에 해야 할 일이 있다. 아버지께 어제 학교에서 일어났던 일을 이야기해드릴 참이다.

"어제 우리 학교에 바바리맨이 나타났었어요."

아버지는 건배를 할 참이었으나, 어머니와 누나는 놀란 토끼눈으로 나를 쳐다본다.

"학교 운동장에 나타났단 말이야?"

"아니, 학교 뒷동산에."

"바바리맨이 바바리 안의 뭘 보여줬어?"

어머니가 말씀하시자 누나가 어머니를 때리며 소리 높여 웃는다.

"바바리 안이 아니라 입안의 긴 혀를 뽑아 보여주었어요."

"여학생들도 봤단 말이야?"

"아뇨, 저만 봤어요. 제가 그때 창밖을 보고 있었는데, 그가 입을 벌렸어요."

"다른 학생들은 못 보고?"

"유리창에 매달려 보려고 했을 때는 이미 입을 닫은 다음이었어요."

"그럼, 너만 보았단 말이야?"

"네."

아버지와 어머니와 누나는 폭소를 터뜨렸다. 그들은 내가 농담을 한다고 생각하는 것 같다. 하지만 내가 본 것은 분명 혀였다.

"얘가 이런 데가 있네. 능청스럽게."

누나는 앞에 놓인 맥주잔을 잡는다. 어머니도 맥주잔을 잡는다. 아버지도 맥주잔을 잡는다. 하지만 나는 맥주잔을 잡지 않는다.

"주차를 해주는 청년이 어제 본 바바리맨 같아요."

순간, 얼굴들이 순식간에 굳어진다. 동시에 세 사람의 바깥쪽으로 고개를 돌린다. 유리 너머 청년은 사라지고 없다.

세 사람은 동시에 나를 주시한다. 그들은 맥주잔을 쥔 채 들어 올리지 못한다.

"요즘 스트레스가 많은 모양이구나. 내가 다 안다. 공부하기가 얼마나 힘든지. 날도 이렇게 덥고. 네 나이에는, 한참 젊을 때는 가끔 이상한 생각을 하게 되지."

누나가 나를 보며 다정하게 말한다.

"문복이가 아무래도 사춘기인 모양이다. 바바리맨의 바바리 안을 왜 하필 너만 봤겠냐. 사춘기에는 성에 관심이 많아서 그런 꿈을 많이 꾼대. 여학생들도 그 시기에는 자라느라고 절벽에서 떨어지고 남자들에게 쫓기는 꿈도 꾸고 그래."

"꿈 아냐. 사실이라니까. 더 이상한 것은 바바리맨이 혀 사나이라는 거야."

"혀 사나이?"

"우체국에서 혀를 빌려주는 사람."

내가 말을 하면서도 상대방이 전혀 이해할 것 같지가 않다.

누나와의 대화를 지켜보던 아버지가 묻는다.

"언제부터 그런 증상이 있는 것이냐? 이상한 사람들이 보이는 것 말이지."

아버지가 내 말을 전혀 믿지 않는다. 말을 안 하면 안 한다고 닦달하고, 말을 하면 오해하거나 아예 믿으려 하지 않는다. 쌓였던 불만을 터뜨리듯 나는 단호하게 말한다.

"아버지가 제 뺨을 때리고 난 다음부터요."

순간 식탁은 얼음처럼 차가운 분위기로 변한다. 사실 나는 이번 외식에 대한 의도를 약간 의심하고 있었다. 아버지께서 나에게 손찌검을 한 것에 대한 사과는 한 마디도 없이 밥 한 끼로 퉁치려는 것 같기 때문이다. 나의 말에 아무도 반응을 하지 않는다. 식탁 앞 네 사람은 침묵 속에 빠져 있다. 식당의 여종업원이 음식을 식탁에 내려놓기 시작한다. 회 접시가 놓여지고, 생선구이도 놓여지고, 그리고 버터에 버무린 옥수수 접시도 내려진다. 그동안 누구도 입도 뻥끗하지 않는다. 침묵이 내려앉은 식탁 위에 음식을 내려놓던 여종원은 낌새를 눈치채고 서둘러 사라진다.

"정말 그런 증상이 있는 것이냐?"

아버지가 진중하게 묻자 어머니는 울상이 되어 있다.

"네."

어머니는 손을 떠는 것 같다. 누나는 양쪽을 교대로 슬금슬금 쳐다보더니 눈을 내리깔고 있다.

"저 청년이 바바리맨이란 말이냐?"

"비슷하게 생겼어요."

"저 청년이 혀 사나이란 말이냐?"

화려한 색깔의 구미를 당기는 식사가 차려졌지만, 아무도 젓가락질을 시작하지 못하고 있다. 아버지도 상당히 당황한 눈치다. 아들은 아버지에게 무기력했지만, 폭력에 저항하는 지금의 나는 아버지에게 상당히 강하다. 더구나 이 문제에 대항하기 위해 내 안의 (나)도 나와 한 편을 붙은 느낌이다. 지금 버티는 (나)는 첫 번째 (나)이기도 하고 두 번째 (나)이기도 하고, 둘 다 합쳐서 나에게 잘 버티라고 응원하는 것 같다. 내가 봐도 나는 뭔가 달라졌다. 이전에는 아버지의 아들일 뿐이었지만, 지금 이 자리의 나는 폭력을 되풀이하지 못하도록 맞서는 자이기 때문이다. 이 순간을 제대로 넘기지 못하면 더 큰 폭력을 맞이할 수도 있다. 두려움이 용기를 갖게 했는지 모른다.

"네가 충격이 커서 그런 헛것을 보나본데……."

아버지가 땀을 닦으시며 말꼬리를 슬그머니 흘린다. 안절부절못하던 어머니가 갑자기 이렇게 말한다.

"아, 여보, 있잖아요. 내 친구 진화, 그 아들이 자기 반 아이를 팼대요. 아이고, 그 소리 듣고 내 가슴이 얼마나 뛰는지, 거기 비하면 우리 아들은 얼마나 순하고 착한데…… 진화네는 아버지가 그러더니 그 아들도……."

어머니의 대담한 발언에 나는 놀란다. 어머니는 아버지 앞에서 그다지 자신의 뜻을 드러내지 않는 편이다. 그런데 내 뜻을 이해하고 도우러 나선 것이다. 폭력에서 아들을 지켜야 한다는 자각을 가지신 듯하다. 손찌검 한번 정도는 그냥 넘어갈 수도 있다고 생각할 수도 있지만 내 생각은 다르다. 나의 그런 의지가 발동해서 그런지 어머니도 강해 보인다. 아버지가 폭력을 쓰니 아들이 나가서 다른 곳에서 폭력을 쓴다는 뜻을 어머니는 돌려서 말한 것이다. 그때 누나도 거들고 나선다.

"문복이가 잘못한 점은 있지만요, 그래도. 아빠, 폭력은 좀 심하셨던 것 같아요. 지랄하고 자빠져의 사건이 어떻게 된 것인지, 제가 아버지에게도 제대로 알려드렸잖아요. 잘못 들으시고 손찌검을 하신 아빠는 멋지지 않아요. 아빠는 항상 저의 이상형이었어요. 남자답게 서로 잘못한 것은 인정하면 좋겠어요. 그리고 오늘 아빠가 우리를 위해 이렇게 차려입으니까 너무 멋져요. 우리 건배해요."

누나가 먼저 맥주잔을 집어 든다. 어머니도 슬그머니 따라 맥주잔을 집어 든다. 나도 콜라가 든 맥주잔을 집어 든다. 아버지는 맥주잔을 집어 들지 않는다. 맥주잔 세 개가 허공에 걸려 있고, 나머지 잔은 식탁에 그대로 놓여 있다. 긴장감이 올라온다. 건배를 재촉한 누나는 더 질려 있다. 그때 아버지가 천천히 맥주잔을 집어 든다. 심장이 미세하게 떨린다. 자존심 강한 아버지를 세 사람이 합심해서 건드렸으니, 그 잔이 집어던져질 수도 있을 것이다. 아버지께서 천천히 맥주잔을 허공을 향해 내미셨고, 우리도 잔을 아버지의 잔에 소리가 나도록 가져다댔다.

"맹세하마. 내 생애 다시는 그런 일이 없을 것이다."

우리는 서로의 잔을 가져다댄다. 아버지는 맹세의 표시라며 술을 벌컥벌컥 들이킨다. 누나가 나에게 눈짓을 한다. 나는 아버지가 술잔을 내려놓기를 기다린다.

"제가 잘못한 부분도 많아요. 앞으로 저도 잘할게요, 아버지."

식당 주인은 눈치가 빠른 사람이다. 우리의 얼음장 같던 식탁이 녹아서 꽃이 피는 정원으로 변한 것을 금방 눈치채고 다가온다. 특별히 서비스라며 기다란 꽁치 구이 접시를 우리 테이블 한가운데에 내려놓는다. 식당 주인은 창밖의 발레파킹을 하는 청년을 물끄러미 바라보며 말한다.

"제 아들이랍니다. 직장을 다니는데, 시간이 날 때마다 저렇게 아비를 도와줍니다. 이 집 아들도 효자 같네. 앞으로 부모님께 잘해드려. 사장님, 우리 집에 자주와 주세요."

식당 주인이 사라지고 나서, 나는 아버지에게 묻는다.

"아버지, 저 맥주 마셔 봐도 돼요?"

"너는 앞으로 예술가가 될 테니까 한 번의 경험은 괜찮을 것이다. 하지만 아직은 학생이니 네가 어른이 될 때까지 다른 술은 마시지 말거라. 오로지 나와 너의 맹세의 술잔으로 기억하도록!"

아버지는 술잔에 맥주를 조금 따라서 건네준다. 순간 가슴 한쪽이 촉촉하게 젖어 오는 것 같다. 아버지께서 내가 예술가라고 말하다니! 술을 마시면 이런 기분일까.

"아버지, 제가 어른이 될 때까지 술 마시지 않을 게요."

"때린 것은 정말 미안했다. 하지만 앞으로 혀 사나이나 바바리맨을 보지 않도록 해라. 스트레스를 줄여나가도록!"

우리는 드디어 연어 회 첫 점을 입에 넣는다. 아버지는 그동안 듣지 못했던 학교 이야기가 궁금한 모양이다. 나는 교장실 앞에 매단 통 이름에 대한 이야기로 입을 열었다. 하지만 바바리맨의 출현으로 인해 경찰들이 우리 학교 주변을 순찰하게 된 사실은 입에 담지 않는다. 가족은 내가 스트레스가 심해서 환상을 본다고 여기고 있다. 이런 이야기까지 하면 필요 이상으로 걱정을 끼칠 것이다. 통 이름 공모에서 우리 반이 '반쪽 당선' 되었다고 가족에게 자랑을 한다.

"반쪽 당선이 뭐야? 재는 말을 이상하게 해."

누나는 입을 삐죽거린다. 내가 생각해도 이상한 표현이긴 하다. 어제 담임이 선택된 통의 이름을 발표했다.

1반이 내놓은 '소통'이 당선되었다는 것이었다. 축구공이 걸린 지라 귀를 곤두세우고 있던 친구들은 순간 실망으로 김이 빠지는 듯한 소리를 동시에 질렀다. 그러자 담임이 웃으면서 덧붙였다.

"'소통'이 의사소통의 소통인지 소의 여물통인지 착각이 일어날 수 있어서, 우리 반의 말통도 합치기로 했다. 그래서 통 이름은 '소통 말통!'."

우리는 축구공 문제가 어떻게 되는지 궁금했다. 선생님은 그 부분에 대해서는 아직 결정된 것이 없다고 했다. 시상식 날 교장 선생님이 해결하겠다고 하셨단다.

"그런 경우는 반쪽 우승이 아니라, 공동 우승이라고 하는 거야."

"그러네."

"하하하 하하."

교장 선생님이 매달아 둔 통 '소통 말통'에 학생들이 넣은 아이디어를 학교에서 발표했는데, 학생들은 선생님의 강압적인 표현이 싫다고 적어 넣었다. 나는 이를 가족에게 알려 준다. 아버지는 내 이야기에 장단을 맞추려고, "그럼, 강압적인 표현은 안 되지." 하신다. 그래서 내가 선생님들을 흉내 내며 말한다.

– 똑바로 앉아.

– 눈 똑바로 떠.

가족들은 선생님들의 목소리를 흉내 낸 내 연기에 놀란다. 나는 별로 말이 없고 별반 감정 표현을 안 하는 성격이라 가족 입장에서는 이런 내 모습에 낯선 모양이다. 어머니와 누나가 눈짓을 교환한다. 하지만 나는 연극 동아리 회원이 아닌가. 서당 개 3년에 풍월을 읊는다는데, 친구들이 읊조리는 연극 대사를 여러 번 보고 들은 뒤다. 일이 없을 때는 내가 대사를 읽어주는 역할도 했기 때문에, 어눌했던 내 발음도 제법 명확해졌다. 나의 목소리 흉내에 아버지도 눈을 크게 뜨고 본다. 아버지도 아들이 변했다고 느끼는 모양이다. 무엇보다 내가 변했다고 느끼는 것은 내 자신이다.

'소통 말통'에서 나온 학생들의 두 번째 고통은 부모님에게 받은 상처를 드러낸 것들이었다. 그 말을 하자, 어머니와 아버지가 먼저 긴장의 눈빛을 내비친다. 나는 부모님들의 목소리를 흉내 내기 시작한다.

– 허리 살 좀 봐라. 그만 먹어.

– 지 엄마 닮아서 제대로 앞을 못 봐.

– 내 뱃속에서 어떻게 저런 애가 나왔는지.

– 너도 다음에 나 같은 애 낳아서 똑 같이 고생해봐라.

– 너는 뭐가 되려고 그러니?

나는 친구들의 어머니와 아버지가 한 말이라고 강조한다. 누나는 우리 어머니와 아버지가 한 말과 같다며 배를 잡고 깔깔거린다. 어쨌든 어머니와 아버지들은 대부분 같은 말을 하는 모양이다. 아버지는 말머리를 돌리듯, 내가 학교에서 친구들과는 문제가 없는지 묻는다. 그래서 나는 학교에서 학생들이 친구들에게 상처받은 말들의 리스트를 다시 읊조린다.

― 야, 돼지. 그만 좀 먹어. 너희 집은 다 살이 찌지.

― 네게서 암내 나.

― 짜식, 너도 남자라고.

― 걔네 아빠 직업이 뭐니?

회를 먹고 남은 접시에는 초고추장이 묻은 무채들만 수북하게 남아 있다. 후식으로 식당 직원은 수정과와 커피 중에 선택하라고 한다. 누나는 커피를, 우리는 수정과를 선택한다. 식탁에는 대화가 점점 잦아들고 있다. 나는 통유리 밖의 청년 쪽으로 다시 고개를 돌린다. 차들이 거의 빠져나가, 주차 공간이 널찍이 남아 있다. 청년도 사라지고 없다. 청년이 정말 혀 사나이였다면 그렇게 뚫어지게 바라보던 나를 모른 척할 수 있었을까. 아버지와의 갈등이 해결되고 나니, 이상하게 그 청년이 전혀 혀 사나이를 닮지 않았다는 느낌이 든다.

"제가 착각했나 봐요. 발레파킹하는 청년이 바바리맨은 아니었던 것 같아요."

아버지는 눈시울이 붉어진 상태다. 아버지가 나이가 드신 느낌이다. 아버지는 쉰 살을 넘은지 이미 오래다. 쉰 살이 되기 전에 아버지가 직장을 잃은 친구도 있다.

"나는 너를 믿는다."

아버지께서 무엇인가를 선언하듯 말씀하신다. 어머니와 누나는 수정과와 커피를 마시고 있다.

"나는 너만 믿는다."

아버지는 주문처럼 힘주어 같은 말을 되풀이한다. 그 순간, '소통 말통'에 학생들이 넣은 상처받은 표현 중에 지금 아버지가 한 표현이 있다는 것을 상기한다. "나는 너만 믿는다." 학생들은 부모가 이런 말을 할 때가 가장 무섭다고 적었다. 왜냐하면 우리에게 믿을 만한 구석이라고는 눈을 씻고 찾아봐도 없기 때문이다. 하지만 그 말을 듣자 아버지가 나를 조금 신뢰한다는 생각이 든다. 학생들이 무서워하는 그 표현이 나에게는 더 이상 부담스럽게 느껴지지 않는다. 아버지에게도 사과는 용기가 필요한 일이었을 것이다. 남의 아버지보다 더 멀어 보였던 아버지는 다시 내 가까이에 계신다. 어머니와 누나가 옷맵시를 가다듬고 가방을 챙기며 자리에서 일어나 나갈 채비를 한다. 그런데 식당을 나서면서 아버지가 혼잣말처럼 말을 했을 때, 나도 친구들처럼 막연하게 부담과 두려움을 느꼈다.

"넌 뭐가 돼도 될 거야."

12

예강은 이번에도 나타나지 않았다. 대본 작업을 끝낸 후부터 동아리 모임에 모습을 드러내지 않고 있다. 동아리 회원들은 같은 반인 나에게, 예강과 썸을 탔다고 믿는 나에게 이유를 묻곤 하지만, 결국 그들은 나조차 그녀의 동선을 전혀 따라잡지 못하고 있음을 알게 되었을 것이다. 우리 관계가 깨졌다는 것을 알리는 방법으로 예강이 나타나지 않는다고 미루어 짐작하면서, 예강을 불러들일 수 없다는 생각을 암암리에 하고 있는 듯하다. 게다가 대본이 이상하면 핑계라도 대면서 그녀를 불러왔겠지만, 그녀의 대본은 도리어 대사를 연습할 때마다 다들 감탄하고 마는 것이다.

나는 평소보다 더 소심해지고 말수도 잃어가고 있다. 동아리 회원들은 우리가 덕수궁을 가볍게 산책할 정도의 관계로 알고 있지만, 나는 그녀가 물려받을 유산의 정체도 알고 있고, 예강은 내가 유산의 비밀 속으로 드나들 수 있게 문도 활짝 열어 놓지 않았나. 관계를 지속하고 싶은 의지가 없다면 가능하지 않은 조치다. 지금은 단지 우리의 관계를 주변에 확고하게 할 만큼 확신이 없을 수도 있지만, 그때처럼 둘만 있게 되는 순간이 오면 우리만의 긴밀한 관계가 계속 이어질 수 있을 것이다. 나는 평정심을 유지하면서 연극 동아리에 충실하게 나간다.

왜 상황이 이런 방향으로 풀렸는지 돌이켜 본다. 연극 동아리장이 우리의 일탈에 대해 따질 때에 진실을 말했어야 했다. 토요일 모임에 우리가 먼저 도착했었다는 사실과 고물상에 소리 도구들을 구하러 갔다고 설명했다면, 우리는 사람들에게 제대로 이해받았을 것이다. 그런데 예강은 어떤 설명이나 변명도 하지 않았고, 나도 마찬가지였다. 그 과정에서 우리는 동아리 모임을 무시하고 놀러 나간 바람난 회원들로 전락했다. 나는 깨진 자존심과 넘치는 그리움으로 하루하루가 고통스럽다. 수줍음과 혼란이 범벅이 되어 교실에서도 예강이 있는 쪽을 쳐다보지 못한다. 복도에서 우연히 한번 마주쳤을 때도 지나쳐버린 후, 심하게 절망하고 자책으로 숨을 쉴 수가 없었다.

나는 예강과 다시 단둘이 만날 수 있는 곳을 찾고 싶다. 할머니 고물상에 다시 가볼 생각으로 버스를 잡아탄다. 누구에게도 말하지 않았다. 예강과 나만이 아는 비밀 공간으로 남겨 두고 싶어서다. 예강과 버스를 탔을 때는, 나란히 앉아 몸 안의 근육들이 모두 깨어나 춤을 출 정도로 웃어재꼈다. 지금은 혼자 앉아 멍하니 창밖의 풍경을 보고 있다. 며칠 전에는 동물원에 낙타를 보러 갔었다. 그곳에 가면서도 예강이 올 지도 모른다는 근거 없는 상상이 끝없이 펼쳐졌다. 우연을 가장하고 동물원에 와서 나와 조우하는 모습을 간절히 그렸다. 이 어리석은 기대는 서울대공원에서 아예 낙타도 볼 수 없는 현실 앞에서 산산조각이 났다. 낙타의 건강이 좋지 않아 일반 관람객에게 모습을 드러내지 않았던 것이다. 도리어 잘 된 일이라고 낙타 우리 맞은편 벤치에 앉아 생각을 바꿨다. 서울대공원에 낙타가 모습을 드러냈다면, 그들이 내는 소리는 초여름을 맞아 따뜻해진 기후에 기분이 좋아서 부르는 노래였을 것이다. 연극 대본 속의 낙타들처럼 주인의 임종 앞에서 슬퍼 울부짖는 소리는 아닌 것이다. 게다가 동물원의 낙타 소리를 녹음해서 틀어주는 작업이 예술가의 작업이라면 그건 시시하기 그지없다. 차라리 내가 슬픈 낙타의 울음소리를 내는 편이 나을 성 싶었다. 그 생각을 하자, 있으나마나 하다고 여겨졌던 내 작업이 매우 중요하게 느껴지고, 소리로 관객들을 설득해야 한다는 사실에 긴장이 된다. 낙타 울음소리가 내 몸 안에서 터져 나와야 하는 상황이다. 실제 낙타가 어떻게 울건 개의치 않고, 내가 낙타가 되어 슬픔을 공감할 수 있는 소리를 내야겠다며 자리를 털고 일어났었다.

버스에서 내려, 고물상까지 천천히 걷는다. 예강과 함께 걸었던 길이다. 빗물이 고여 있던 맷돌은 이제 말라 먼지처럼 고운 잔 흙이 가라앉아 있다. 할머니의 고물상에 혼자서 두 번이나 왔다갔기에, 연극에 필요한 물건은 이미 챙길 만큼 챙겼고, 동아리 실에 그것들을 가져다 놓은 상태다. 할머니는 변함없이 쭈그리고 앉아 물건을 고르고 있다. 처음 왔을 때와 같은 모습이다. 가까이 다가가도, 귀가 어두운지 알아채지 못한다. 마침내 고개를 들어 나를 보았을 때도 할머니는 아주 사무적이다.

"어떤 물건이 필요한 겨?"

"저…… 예강이 친구예요."

할머니는 내 얼굴을 기억하지 못한다. 고물개인 '장미'는 달려와서 뛰어오르며 컹컹대고 얼굴을 핥는다.

"나, 난 또 고물 사러 온 손님인 줄 알았네."

할머니는 우리의 다정한 한때를 지켜본 증인이다. 할머니는 한참 만에 기억이 돌아왔는지 예강이 잘 지내냐고 묻는다. 나는 제대로 대답하지 못한다. 수업 외에는 그녀를 볼 기회조차 없다. 그녀가 피하는 것 같기도 하고 내가 주저하는 것 같기도 하고, 하여간 무엇인가가 우리 관계를 막는 것 같다. 가능하면 할머니의 도움을 빌어서라도 우리의 관계를 회복시키고 싶다. 할머니는 고개를 들어 내 눈을 한동안 들여다보더니, 구부정하게 부엌 쪽을 가리키며 물 한 잔만 가져다 달라신다. 나는 물을 떠서 할머니께 먼저 한 잔을 드리고, 나도 목을 축인다.

"예강의 할아버지…… 여자 친구라고 들었어요."

할머니의 깊은 주름 사이로 알 수 없는 미소가 피어오른다.

"연애를 어떻게 시작하셨어요?"

"너는 어떻게 시작했냐?"

"우리는 아직 연애하는 사이 아니에요."

"나도 연애하는 사이 아니었어."

예강의 할아버지는 유산을 이 할머니에게 남겼다. 가족도 아니고 연애도 하지 않은 사이에, 어떻게 그런 일이 가능한 것일까.

"같은 마을에 살았지만, 서로 왕래하는 사이는 아니었지."

하루는 대학생들이 집 근처 냇가로 캠핑을 왔다가 물난리를 만나 할머니 집으로 찾아들었다. 방 두 칸짜리 집, 한 칸은 곡식과 농작물과 허접한 물건들을 발 디딜 틈 없이 쌓아 놓아, 결국 학생들은 할머니의 마루에서 하룻밤을 묵게 되었다. 문제는 여름밤의 모기였다. 할머니가 전혀 내왕이 없던 할아버지의 고물상에 가서 고물들 중에 챙겨 놓은 여름 모기장을 빌리기로 한 것이다. 그때 할아버지가 보이지 않아 우선 모기장부터 가져가고 다음날 사정 이야기를 할 생각이었다. 그런데 다음날 변명하기도 전에 할아버지가 휑하니 집안으로 들어가 버리더라는 것이다.

"저 영감탱이가 사람이 말을 해도 대꾸도 없고, 내가 까짓 물건을 좀 가져갔다고 하면 잘 쓰라고 말을 해야지, 저렇게 심술보를 달고 사니 외톨이가 되고 만 거야."

할머니는 과거의 일이 기억나는지 그때 할아버지께 했던 말을 나에게 되풀이한다. 남의 물건을 허락도 없이 가져가서는 도리어 빌려주는 사람에게 예의가 없다고 나무라는 할머니의 모습이 연극 같다. 당시 할아버지는 도통 사람들과 대화를 할 줄 모르고 혼자 고물을 모아 사는 늙은이로 알려져 있었단다. 지금은 고물상이 되어서 사람들이 물건을 사러 오지만, 당시에는 할아버지가 고물을 주워서 모아 놓기만 했지 파는 물건이 전혀 되지 못했단다. 할머니는 돈을 주려고 했지만 할아버지의 대답조차 듣지 못했다고 했다. 전혀 말을 섞으려고 하지 않았다는 것이다.

"이것이나 좀 잡수쇼. 문 앞에 두고 갈 테니, 먹든가 말든가."

하루는 음식을 해서 입구에 두고 왔는데, 안에서는 아무런 대꾸가 없었다. 그 다음날 가니, 음식에 손도 대지 않아서 오기가 생겼단다. 그래? 누가 이기나 보자. 할머니는 다시 음식을 갖다 놓았다. 열흘이나 흘렀을까. 음식이 비워진 그릇이 씻겨 나와 있더라는 것이다. 빈 그릇과 함께 행운목이 심겨진 토분 하나가 놓여 있었다.

할머니가 고물상 입구 쪽으로 시선을 돌린다. 손님인 듯한데, 들어오지 않고 입구에서 서성대고 있다. 할머니는 끙 소리를 내며 허리를 일으켜, 손님 쪽으로 간다. 할머니의 러브스토리와 함께 자연스럽게 예강의 부모님 그리고 예강이로 이어지는 이야기를 듣고 싶어 기다린다. 할머니는 중고 자전거에 관심이 있는 손님과 흥정 중이다. 나는 어지럽게 널린 고물상의 마당을 눈부시게 바라본다. 금방이라도 마당 안으로 예강이 들어설 것 같은 착각이 든다. 할머니는 손님과 타협이 되지 않는 모양이다.

"그 돈이면 새것을 사겠네."

남자가 빈정거린다. 남자가 할머니에게 함부로 대할까 봐, 곁으로 다가간다. 할머니도 내가 다가오는 것을 보고 큰소리를 낸다.

"그 돈으로는 어림도 없지. 고물이라고 다 고물이 아냐. 그 자전거는 우리 손자에 줄 거니까 그만 둬."

흥정은 끝이 났다. 남자는 미련 없이 떠나간다.

"자전거도 저런 주인 만나면 불행혀. 아가, 네가 가져."

"할머니, 무슨 말씀을 하세요. 팔아서 돈을 하셔야죠."

살펴보니, 자전거는 할머니의 손길이 닿아 깔끔하다. 잘 닦아놓은 듯 오래된 자전거는 윤기까지 난다. 자전거를 타고 주변을 둘러보면 어떨까 하는 생각이 든다. 할머니에게 자전거로 산책을 하고 싶다고 하자, '네 자전거'이니 마음대로 하란다.

고물상 입구의 토담 벽에 기대어 놓은 자전거를 끌어낸다. '내 자전거'의 페달을 천천히 밟아 고물상을 나선다. 오래 방치되었던 페달은 뻑뻑하다. 자전거는 페달을 밟을 때마다 삐걱삐걱 소리가 나긴 하지만, 그런대로 잘 달린다. 예강이가 오고 있구나. 삐걱삐걱, 사람의 발자국 소리 같기도 하다. 삐걱삐걱, 가는 실개천이 이어지고 있다. 개천 양쪽에는 좁은 길이 나 있어 자전거가 다니기에 적합하다. 나는 기분이 좋아져 가볍게 자전거를 달린다. 그녀가 오고 있다. 삐걱삐걱, 그녀가 저 멀리서 나를 향해 걸어오고 있다. 삐걱삐걱, 그녀가 저 멀리서 손을 흔들며 조금씩 나와 가까워지고 있다. 가슴을 답답하게 누르던 안개 같은 기운이 거짓말 같이 사라지고, 나는 그녀를 만나기 위해 전속력으로 달린다. 개천에는 해오라기가 물속에 혼자 발을 담그고 있다. 나는 자전거를 세우고 들판을 하염없이 바라본다. 고물상에서 예강과 함께 보낸 시간이 꿈과 같이 느껴진다. 이 주변의 공기며, 물소리며, 새의 날갯짓이며, 심지어 땅속에서 꿈틀거리고 있을 지렁이들의 움직임까지도 기억해두고 싶다.

나는 왔던 길을 돌아갈 작정이다. 이제 그녀는 내 자전거 뒤에 앉아 있다. 등 뒤의 그녀는 단발머리를 나부끼고 있을 것이다. 내가 페달을 밟으며 움직이는 몸의 움직임을 느끼고 있을 것이다. 어떤 옷을 입었을까. 그녀가 뒤에서 내 허리를 끌어안는다. 나는 어디선가 흘러온 달콤한 밤꽃 향기에 몸속에 숨어 있던 욕망을 감지한다. 개천을 따라 길게 이어지는 좁은 길을 거의 다 달렸다. 이제 더 똑바로 가면 고물상으로 들어가게 된다. 나는 방향을 바꾸며 자전거 뒷좌석을 본다. 예강은 이미 내려서 사라지고 없다. 순간 자전거는 곤두박질을 쳤다.

나는 고물상으로 가지 않고, 고물상 뒤쪽의 언덕으로 올라가 볼 생각이다. 언덕에 올라가면 고물상 주변의 풍경이 한눈에 들어올 것이다. 더구나 고물상의 풍경은 좀 남다른 데가 있다. 고물상 뒤의 언덕에는 500년쯤 됐을 큰 나무가 버티고 있다. 큰 너도밤나무의 영향력 때문인지 주변에는 작은 나무 한 그루도 보이지 않는다. 하지만 언덕이 끝나 고물상이 내려다보이는 제방 쪽에는 군데군데 하얀 찔레꽃이 수북수북 피어 있고 아카시아도 만개해 있다. 큰 나무 아래에 자리 잡은 고물상의 모습은 어머니의 다리 사이에 앉아 있는 아기 형상이다. 고물상만 들여다보면 지저분하고 인간들이 버린 물건들로 난장이다. 하지만 배경으로 언덕에 하얀 찔레꽃과 아카시아 꽃이 흐드러지게 피고, 그 뒤로 떡갈나무가 언덕 가득 그늘을 드리우고 있는 모습은, 마치 어느 화가의 그림 속처럼 고물상은 없어서는 안 될 중요한 오브제 같다.

언덕 위에 도착하여, 두 팔을 벌려도 어림없어 보이는 거대한 너도밤나무의 둥치에 자전거를 기대어 놓는다. 회색빛 줄

기는 가까이에서 보니 검은 점으로 뒤덮여 있고, 뿌리 부분이 땅 위로 굵게 치솟아 있다. 자전거를 휘젓고 온 탓인지 몸에 땀이 촉촉하게 배어든다. 너도밤나무 곁에 자리를 잡고 언덕배기 아래 고물상을 내려다본다. 마을은 평온한 정적에 싸여 있다. 괴이할 정도로 아무도 보이지 않고 소리도 거의 들리지 않는다. 낡은 자전거의 삐걱대던 체인 소리도 귓전에서 사라진다. 여름날의 열기와 몸 안의 열기가 합쳐져 혼란스럽던 머리가 천천히 식는다. 멀리서 새들이 비행 연습을 하듯 고물상 아래쪽까지 하강했다가, 아카시아 향기를 따라 치솟아 올라오곤 한다. 나는 하염없이 앉아 있다.

할머니의 모습이 언덕 아래쪽에서 나타난다. 이리저리 왔다 갔다 개미처럼 작아 보인다. 고물 할머니처럼, 우리 외할머니도 가슴에 러브 스토리를 담고 있겠구나. 처음으로 외할머니의 젊음이 보인다. 나는 외할머니는 본래부터 늙은 할머니라고만 여겼었다. 할머니는 할머니일 뿐이어서, 애초부터 주름과 기미와 심지어 검버섯으로 뒤덮인 모습 그대로라고 여겼다. 할머니도 우리처럼 젊은 시기를 보낸 것이다. 할머니도 몸과 심장을 뒤흔드는 사랑을 했던 것이다. 그 생각을 하자, 갑자기 눈물이 난다. 모든 것은 그렇게 흘러가는 모양이다. 우리 외할미니도 지금의 나처럼 형언할 수 없는 감정들로 가득 채워진 순간을 겪었을 것이다. 모든 것은 새롭게 태어나고 조금씩 낡아간다. 나도 어느 순간부터 낡아갈 것이다. 그래서 저렇게 물건들처럼 인간도 고물이 되어 감히 '고물 할머니'로 부르는 순간이 온다.

나는 두 무릎 사이에 얼굴을 파묻고 운다. 여러 가지 생각이 스쳐간다. 예강과 저 아래 고물상 마당에서 두들기던 방망이 소리가 생각나고, 예강이 니모와 함께 어둠 속으로 사라지던 모습도 떠오른다. 그리고 어릴 적에 내가 할머니에게 보내지던 때가 기억이 난다. 어머니의 건강이 좋지 않아서 한동안 나는 외할머니에게 맡겨졌다. 누나는 막 초등학교에 입학을 해서 나만 시골로 내려가게 되었다. 외할머니 댁은 기와집이었는데, 커다란 대문과 깨끗한 마당을 지나면 장독대 옆에는 두레박이 걸린 우물이 있고, 뜰 안쪽에는 샐비어가 붉게 피어 났다. 할머니가 깨꽃이라 불렀던 샐비어 수술을 뽑아 빨면 단맛이 느껴지곤 했다. 그렇게 단맛을 먹기 위해 수술을 뽑아버리면 다음 해에 꽃을 피우지 않는다던 말도 기억난다. 할머니가 사시던 마을에는 과자를 파는 가게도 없었고 장난감도 없었다. 하지만 친구들이 많아서 하루 종일 재미있게 놀았다.

낙타! 그러고 보니, 낙타와의 인연은 이번이 처음이 아니다. 외할머니 댁에 머무르던 당시, 나는 할머니를 따라 교회에 다녔다. 크리스마스가 가까워지던 때라 교회에 가지 않던 마을 아이들도 교회로 일제히 갔다. 어린 마음에, 산타클로스가 내가 외할머니 댁에 머물고 있다는 것을 알기나 할지, 그곳까지 찾아올 수나 있을지 걱정이었다. 그런데 교회에 가니 동방 박사들이 아기 예수를 경배하러 가는 연극을 준비하고 있었다. 그때 나는 그 스토리가 무엇인지 몰랐고 어른들이 막 태어날 어린 아기를 보러 멀리 떠나는 이야기로 이해했다. 그런데 그곳이 사막이어서 낙타를 타고 간다는 것이었다. 연극에서 동방 박사 세 사람이 타고 갈 낙타들이 필요했다. 한 마리의 낙타를 만들기 위해서는 두 사람이 필요했다. 낙타 형상을 위해 만들어진 아랫부분이 트인 보랏빛 비로드 천의 앞부분에는 키가 작은 꼬마가 들어가고 뒷부분은 제법 큰 소년이 들어가면, 그 모습을 바깥에서 보면 육봉이 솟은 낙타가 되었다. 동방 박사를 위해 세 마리의 낙타가 필요했고, 여섯 사람이 필요했다. 나는 구석에 앉아 있었는데, 그곳의 선생님이 나를 이끌더니 비로드 천 포대 속으로 들어가서 서라고 했다. 내가 작아 앞쪽에 서기에 안성맞춤이라고 했다. 물론 지금은 또래보다 한 뼘이나 더 큰 상태이지만. '서울내기'에다가 교회 문화에 익숙하지 않아 구석에 없는 듯이 앉아 있다가, 갑자기 낙타 포대 속에 들어가게 된 것이다. 나는 동방 박사가 이끄는 대로 걸어만 주면 된다고 들었다. 나는 동방 박사를 아기 예수에게로 데려가는 낙타였던 것이다.

어릴 때의 이 기억은 오랫동안 내 머릿속에 자리 잡고 있었다. 어쩌면 내 예술적 운명이 그때 찾아온 것은 아닐까. 그때도 사막의 풍경이 펼쳐졌고, 낙타는 길을 떠났다. 동방 박사와 함께 한 그 여정은 연극의 무대를 넘어서서 나에게 막연하게 신성을 깨닫게 해준 기회였지 싶다. 하늘에는 별이 총총했다. 동방 박사들은 하늘의 별을 보고 날씨를 알고 시간을 알고 세상을 읽어내는 신기한 능력이 있었다. 그들은 구원자가 나타났다는 것을 별을 보고 알았다. 그래서 그 별이 인도하는 대로 따라가는 것이었다. 좁은 무대 위에 빈약한 장식을 한 무대였지만, 나는 어두운 비로드 천 앞에 뚫린 두 개의 구멍을 통해 구원자를 찾으러 가는 그 의식에 동화되어 있었다. 예수가 누구인지 정확히 몰랐지만 신성한 존재를 만나는 순간이었다.

그런데 어제 나는 낙타와 관련된 자료를 찾다가 '동방 박사'와 관련된 두 개의 그림을 보게 되었다. 하나는 낙타를 타고 빛나는 흰옷을 입고 큰 별을 따라 호젓하게 사막을 건너던 동방 박사의 환상을 여지없이 깨는 그림이었다. 볼 살이 축 처지고 배가 산만한 놀랍도록 뚱뚱한 동방 박사가 노예들을 거느리고 예루살렘으로 향하는 모습이었다. 커다란 수레 위에는 거대한 몸집의 동방 박사와 먹을 것과 잡다한 일용품들이 주저리주저리 실려 있었는데, 충격인 것은 낙타가 아니라 말이 끄는 마차였던 것이다. 또 하나의 그림은 수많은 군사를 호위병으로 거느린 호사한 행렬이었다. 하얀 말에 붉은 망토를 걸친 말쑥한 차림은 동방 박사라기보다 오히려 로마 병사나 장교 같은 느낌이었다. 붉은 끈을 묶은 말들의 행렬이라니! 사막의 고요를 가로지르는 거룩함과 고고함은 사라지고 탐욕이 덕지덕지 덧붙여진 세속적인 여정처럼 보였다.

갑자기 눈물이 또 쏟아진다. 할머니가 가슴에 뜨거운 사랑을 품었을지도 모른다는 사실과 내가 기억하고 있는 동방 박사의 모습이 더 이상 숭고하지 않다는 사실에 눈물이 흐른다. 왜 낙타가 아니고 말일까. 동방 박사들은 언제 그렇게 살이 쪄버린 것일까. 동방 박사들은 무엇에 쓰려고 그렇게 많은 재산을 불렸을까. 눈을 닦으니 눈이 자꾸 부어가는 것 같다. 홀연히 나타난 나비들이 언덕 위에서 이리저리 희롱하고 있다.

얼마나 시간이 흘렀는지 주변에 어둠이 내려앉고 있다. 고물 할머니는 나를 찾는 눈치가 전혀 없다. 내가 자전거를 타고 집으로 돌아가 버렸다고 생각할 수도 있다. 자전거는 제자리에 두고 가야겠다는 생각이 들어, 다시 자전거를 끌고 천천히 걸어 내려간다. 고물상에 다다르니 할머니는 보이지 않는다. 어디서 왔는지 염소 한 마리가 고물상 한쪽 구석에 묶여 있다. '장미'는 갑자기 나타난 이 검은 물체에 호기심 반 기쁨 반으로 주변을 날뛰고 있다. 할머니가 돌아오실 때까지 기다려보고 싶다. 어쩌면 '그녀'가 올지도 모를 이곳에 조금이라고 더 있고 싶다. 염소는 낯설어서인지 애처롭게 울고 있다.

나는 공책 한 장을 '북' 하고 소리 나게 찢는다. 할머니에게 메모를 적기 시작한다. 이 수많은 종이 나부랭이들 속의 어디에 메모를 두어야 할머니가 놓치지 않고 읽어볼지 고민하다가, 나는 토담에 기대어 둔 자전거 쪽으로 간다. 메모가 젖지 않게 자전거 벨의 뚜껑이 있는 부분에 묶는다. 이 메모를 보지 않으면 자전거 벨을 사용하지 못할 터이니, 언젠가는 보시게 될 것 같다. 아니 언젠가 예강이 오면 보게 될지도 모른다.

"할머니 자전거 타고 돌아다니다가 지금 돌아왔어요. 있던 자리에 자전거 두고 갑니다. 다음에 와서 또 탈 게요. 다음에 예강이 탈지 모르니 팔지 말아주세요."

한 비로드 천 속에서 두 사람이 합체하여 한 마리의 낙타 모습이 되듯, 이 자전거에 두 사람이 올라타 함께 페달을 밟았으면 어땠을까. 순간, 같은 낙타 포대에 들어가 있던 뒤쪽의 중학생이 갑자기 떠올랐다. 같은 포대 안에서 두 사람은 한 마리의 낙타 역할을 해야 하므로, 작은 구령을 붙이면서 제대로 같이 움직여야만 했다. 그렇지 않으면 그 모습이 낙타가 되지 않는다고 했다. 내가 방향을 잘못 잡았을 때, 어둠 속에서 뒤에 서 있던 중학생 형이 이렇게 말했었다.

"방향을 잘 모를 때는 무조건 가서는 안 돼. 그러면 연극을 망쳐버리거든. 방향을 잘 모를 때는 낙타 몰이꾼이 방향을 알려줄 때까지 가만히 그곳에 서 있으면 돼."

이제 집으로 돌아가야 한다. 나는 어떤 방향으로 발걸음을 내딛어야 할지 알 수가 없다. 누가 내 낙타 몰이꾼이 되어줄지도 알 수가 없다. 나는 푸른 빛깔의 자전거를 뒤돌아본다.

우리가 완전히 어른이 되기 전
어느 날

13

출항을 앞둔 배가 닻을 올리듯, 어둠 속에서 연출 담당인 인호의 하얀 팔이 공중으로 높이 치솟았다. 나는 빳빳하게 잡고 있던 채로 징을 힘차게 울린다. 무대 뒤에 대기한 사람들은 숨을 죽이고 있는 상태다. 무대 앞쪽의 떠들썩한 잡담이 순식간에 잦아들고 있다. 무대에는 광활한 사막이 배경으로 펼쳐져 있을 것이다. 조명을 받은 인공 모래사막이 반짝거리고 있을 것이다. 사막에는 유목민들의 장막처럼 큰 텐트가 자리 잡고 있을 것이다. 텐트 안 양탄자에 누워 있는 아버지 곁으로 장성한 세 아들이 둘러앉아 있을 것이다.

– 내 사랑하는 아들들아! 이제 내가 떠나야 할 시간이다. 너희들에게 내 재산을 배분해주도록 하겠다.

낙타들은 무대 뒤에서 대기하고 있다. 내 낙타 울음을 신호로, 낙타 무리가 일제히 무대에 등장해야만 한다. 지금이다! 목울대에 힘을 주며 나는 힘껏 낙타의 울음소리를 토해낸다. 괴르르르르…… 괴르르르르……. 순식간에 관람석에서 폭소가 터진다. 낙타의 울음소리 때문인지, 낙타의 혹을 단 학생들의 우스꽝스러운 모습 때문인지, 어쨌든 폭소가 터진 것이다. 좋은 징조다. 리허설 때, 아버지와 세 아들과 낙타의 무리가 들어서야 하는 무대는 공간이 비좁아 애를 먹었다. 아니나 다를까 낙타 세 놈은 아직 무대에 발도 제대로 들여놓지 못했다. 나는 낙타들이 모두 무대에 들어가 앉을 때까지 목이 터져라 울음소리를 질러댄다. 임종을 앞둔 아버지가 힘없이 말한다.

– 저기 있는 낙타들이 내 재산의 전부이다. 첫째야, 저 낙타들을 세어 보거라.

첫째 아들이 낙타를 세기 시작한다. 한 마리, 두 마리, 세 마리…… 관람석에서 와르르 웃음이 쏟아져 나온다. 분장한 낙타들은 같은 반 친구들인데, 한 마리 두 마리하고 세니 우습기 그지없는 것이다. 첫째 아들은 아버지께 고한다.

– 열여덟 마리입니다.

"한 마리가 더 나왔네. 열일곱 마리여야 하는데……."

그때 관람석에서 소리치는 것이 무대 뒤까지 들려온다. 뜻밖의 사태에, 나는 당황하여 연출 담당 인호 쪽을 주시한다. 인호가 커튼 사이로 무대 쪽을 관찰하고 있다.

들려온 목소리로 가늠컨대, 외부인은 아니고 학생들 중의 한 명 같았다. 열일곱 마리의 낙타를 유산으로 주는 이야기를 이미 알고 있는 학생인 것이다. 그때 아버지 역할을 맡은 범수가 애드리브를 치는 소리가 들린다.

– 열일곱 마리의 낙타를 가진 집은 다른 집이다. 우리 집 재산은 열여덟 마리다.

관람석에서 폭소가 터진다. 사실 본래 이야기 속의 낙타는 열일곱 마리이니, 열일곱 마리만 무대에 올라와야 하는 것이다. 하지만 연극 준비를 하면서, 회원들은 나의 소심한 반대의 의미를 이해하기 시작했다. 이 스토리를 알고 있는 사람에게는 유산 배분에 대한 지혜가 더 이상 관객의 관심을 끌지 못하고 시작부터 흥미를 잃게 만들 수 있다는 점을 깨닫게 된 것이다. 예강은 마지막 순간에 열여덟 마리로 낙타의 수를 바꾸는 묘수를 두었다.

아버지는 첫아들에게는 재산의 $\frac{1}{2}$을 가지라고 했다. 둘째 아들에게는 $\frac{1}{3}$을 가지라고 했다. 셋째 아들에게는 $\frac{1}{9}$을 가지라고 했다. 결코 낙타를 죽여 나누어 가져서도 안 되며, 온전하게 나눌 때까지 세 형제가 재산을 가질 수 없다고 했다. 아버지는 숨을 거두었다.

고대 아라비아의 사막을 배경으로 아버지의 장례식이 거행되었다. 대본 작업을 할 때, 장례법 때문에 고민이 많았다. 고대 사막 지역에서 한국식 장례를 진행할 수도 없고, 사막에 시체를 두면 독수리가 와서 먹도록 하는 조장(鳥葬)을 하자는 주장까지 나왔다. 육체를 제거해야 영혼이 오롯이 존재할 수 있다는 사막 문화권의 관습을 그대로(?) 따르자는 것이었다. 조장이 고대의 문화적 관습과 맞기나 하는지도 설왕설래했고, 설령 맞다 해도 독수리를 띄울 방법도 막막했다. 결국 연극의 효과를 생생하게 살리는 방법으로 결정했다. 그것은 아버지의 시신을 사막에 그대로 두는 것인데, 이는 무대 한쪽에 그대로 두는 방식이 될 수밖에 없었다. 좁은 무대 한 편에

덩그러니 시신을 둔 채, 세 아들은 슬프게 울었다. 장례식이 끝나고 형제들은 제대로 유산 분배를 해보자고 한 자리에 모였다.

유언대로라면 장남은 재산의 반을 가져야 하니 일단 아홉 마리, 둘째 아들과 셋째 아들은 각자 여섯 마리와 두 마리를 가질 수 있었다. 그렇게 분배하고 나니 한 마리가 남았다. 이 열여덟 번째 낙타를 처리할 방법이 없다. 죽여서 나누어 가질 수는 없을 뿐 아니라, 재산을 온전하게 나누기 전에는 그 누구도 재산을 가질 수가 없었다.

아버지가 살아계실 때는 의가 좋은 형제들이었다. 사이좋게 대화를 시작했던 형제들은 시간이 지날수록 서로 자기주장을 하느라고 언성이 높아졌다. 형제들은 아버지의 시신이 옆에 있다는 것조차 망각하고 서로를 질타한다. 아버지의 시신이 보고 있다고 상기시키면 후회하면서 엉엉 울다가 또다시 유산 분배를 시도해본다. 이런 날이 며칠이나 반복된다. 혹여 형이나 아우가 몰래 자기 몫을 챙길까 봐 감시하느라고 어색한 분위기가 되기도 한다. 관람석의 학생들이나 학부모들도 이 문제를 어떻게 해결할지 고민하는 분위기다. 관객들이 예상외로 몰두하는 것 같아, 무대 뒤의 스텝들은 눈을 맞추며 어깨춤을 춘다. 나는 연출 담당 인호에게 엄지와 검지로 동그라미를 만들어 보인다. 인호도 두 팔을 위로 올려 크게 동그라미를 만들며 나에게 화답한다. 연극 단원들 중에서 내가 가장 어려워하던 친구다.

무대 위의 삼형제는 아버지 시신이 아직 식지도 않은 상황인데 싸워서는 안 된다고 서로를 다독인다. 하지만 돌아서면, 저마다 몰래 낙타들에게 다가가 가장 잘생기고 튼튼한 낙타를 고르기 시작한다. 자기 몫을 암암리에 정해 놓는 것이다. 장남은 아홉 마리의 낙타를 골라서 매일 몰래 쓰다듬어 준다. 차남은 여섯 마리의 말을 골라서 자기 것인 양 매일 몰래 쓰다듬고 먹이도 더 준다. 막내는 두 마리의 낙타를 골라서 자기 것인 양 털도 더 다듬어주고, 먹이도 더 주고, 이름도 다시 지어 준다. 이들이 각자 고른 말은 열여덟 마리 낙타들 중에서 튼튼하고 아름다운 것들만 고르니 서로 원하는 낙타가 겹칠 수밖에 없다. 그러다보니 열여덟 마리의 낙타 중 나머지 반은 관심을 전혀 받지 못한다. 아들들의 무관심은 낙타의 먹이뿐만 아니라 잠자리도 차별한다. 삼형제의 선택을 받은 낙타들은 점점 살이 찌고, 나머지 낙타들은 점점 말라간다.

시간이 지나도 유산 배분은 제대로 진행되지 않는다. 장남은 암암리에 자기 몫으로 정한 아홉 마리 중에서 동생들이 탐내는 낙타가 있음을 눈치 챈다. 차남과 막내도 마찬가지다. 형제들끼리 싸울 수밖에 없는 상황으로 치닫고 있다. 낙타들도 지나치게 살이 찌거나 지나치게 말라가고 있다. 삼형제는 마음을 다잡고 다시 배분을 시도하지만 여전히 가능하지 않다. 시신이 썩어 가는지 삼형제는 서로에게 냄새가 난다고 불평이다.

어느 날 아침, 낙타들을 살피러 나온 첫째 아들이 깜짝 놀란다. 낙타 한 놈의 등에 이상한 글자가 새겨진 것이다. 첫째 아들은 소리를 지르며 동생들을 부른다. 텐트 안에 있던 두 동생은 게으름을 피우며 어슬렁거리며 나온다. 낙타의 등에 검은 물감으로 커다란 글자가 새겨진 것을 본 둘째가 소리친다.

"이것은 N 이잖아? 이거 누가 그렸어?"

순간 관람석에서 와 웃음이 터지는 것이 무대 뒤까지 들린다. 내 입술들도 비죽비죽 웃는다. 외부 손님들은 학생들의 반응을 이해할 수 없을 것이다. 학생들은 눈치를 챈 것이다.

우리 담임의 자동차에 페인트 낙서가 그려져 우리 반 학생들이 애매하게 의심받던 사건을 재현하고 있다는 것을. 삼형제는 서로의 짓이라고 질타하기 시작한다. 본래 낙타가 태어나면 주인의 소유를 나타내는 표식을 하게 되어 있다. 열여덟 마리의 낙타에는 아버지가 남긴 저문리 가문의 표식인 왼쪽 귀의 찢김이 선명하다. 다른 집 낙타와 뒤섞여도 구분할 수 있다. 그런데 이렇게 N을 새겨 넣은 것은 새 소유자가 생겼음을 보여주는 방식이다. 삼형제는 글자를 살핀다. 막내는 Z라고 주장하며 둘째 형의 머리글자가 아니냐고 주장한다. 장남은 Z가 아니라 N 같다며 막내의 머리글자라고 반격한다. 둘째는 형이 자신과 막내가 싸우도록 술수를 부린 것이라고 주장한다. 첫째도 펄쩍 뛰고, 둘째도 펄쩍 뛰고, 셋째도 펄쩍 뛴다. 이처럼 어느 집안의 낙타인지 모르는 글자 새김이 있으면 도둑질이라도 한 것으로 의심받기 쉽다. 결국 가치가 떨어지지 않겠느냐며 서로를 심하게 탓한다. 각자 자신은 아니라며 나머지 형제를 공격하지만, 어떻게 해서 N이라는 글자가 낙타 등에 새겨졌는지는 밝혀낼 수가 없다. 삼형제의 지루한 말싸움이 계속되는 동안, N이 새겨진 낙타는 벌을 서는 형국이다. 집 앞에 묶여, 다른 낙타들처럼 골담초를 뜯어먹으러 갈 수도 없고, 물을 미시러 갈 수도 없다.

그렇게 며칠이 또 흘러갔다. 검은 글자가 찍힌 낙타는 주인들의 적대감에 충격을 받았는지 먹지도 마시지도 않는다. 낙인이 찍힌 것처럼, 다른 낙타들도 N낙타를 멀리하기 시작한다. 그 글자가 N인지 Z인지 말해보라며 낙타들이 짓궂게 놀리기도 한다. N낙타는 점점 말라가며 서럽게 운다. 나는 담임의 차에 낙서 사건이 생겼을 때 의심받았던 그때의 심정으로 슬픈 낙타의 울음소리를 가냘프게 무대 뒤에서 낸다. 관람석 쪽은 쥐죽은 듯 조용하다. 연극은 생각 이상으로 잘 풀어지고 있다. 삼형제는 N낙타를 팔아버리자는 합의에 가까스로 도달한다. 하지만 낙타 시장에 데리고 나가도 빼빼 마르고, N자가 새겨진 낙타에게 관심을 보이는 사람은 없다.

삼형제는 이웃 마을 토리노 집안의 사람들을 만나보기로 한다. 낙타 열일곱 마리 때문에 서로 다투었던 토리노 가문의 삼형제는 지혜로운 노인이 빌려준 열여덟 번째 낙타 덕분에 아버지의 유언을 지킬 수 있었다고 설명한다. 하지만 저문리 가문의 삼형제는 이미 열여덟 번째 낙타를 가지고 있고, 이는 도리어 유산을 온전하게 분배할 수 없게 만드는 애물단지다. 더구나 죽이지 않고 온전하게 분배해야만 유산을 가질 수 있다는 아버지의 단서 조항이 문제다. 토리노 가문의 삼형제는 옛날 자신들의 문제를 해결해준 지혜로운 노인을 찾아가보라고 권한다. 주소를 얻은 삼형제는 물어물어 찾아가지만, 마을 사람들은 그가 이미 돌아가셨다고 말한다. 그들은 아무런 해결책도 찾지 못하고 다시 돌아온다.

어느 날, 삼형제는 식사를 위해 다시 모여 앉는다. 국수가 든 양고기 수프와 빵과 스푼을 담은 둥근 쟁반을 들고 모여 앉았다. 양고기 통구이가 놓여야 했지만 무대 담당은 통닭을 두 마리 놓았다. 삼형제는 통닭을 신나게 뜯어먹는다. 관객석에서 와 웃음이 터져 나온다.

삼형제는 통닭을 먹으면서 양고기가 매우 맛있다고 말한다. 관람객도 매우 즐거워한다. 그곳에는 교장 선생님도 계시고, 인성부장 선생님도 계시고, 우리에게 항상 거짓말하지 말라고 가르치는 부모님들도 와 계신다. 그런데 공공연하게 닭을 놓고도 양이라고 거짓말하면서 대사를 이어가는데, 다들 불편해하기는커녕 더 즐거워한다. 왜 예술 행위는 거짓말을 허용하는 것일까. 와! 맛있겠다. 여기저기서 부러워하는 관람석의 탄성이 무대 뒤까지 들린다. 하지만 즐거운 식사는 끝났다.

– 요즘 낙타들이 말을 잘 듣지 않는 것 같아.

첫째가 두 동생에게 한 말이다. 둘째는 반항하듯 말한다.

– 형은 나를 비꼬아서 낙타가 말을 잘 듣지 않는다고 말하는 거지? 내가 낙타라도 된단 말이야?

– 그렇게 말한 적 없어. 어제 보니 낙타 안장이 등에 헐겁게 걸쳐져 있더라. 낙타 콧구멍에 달린 줄을 한 번 잡아당겨 봐. 낙타들이 머리를 앞뒤로 마구 흔들며 신음하면서 말을 안 듣는 거야. 낙타를 제대로 돌보지 않으니 낙타들도 너희들처럼 저항하잖아.

– 저것 봐. 낙타들이 우리처럼 저항한다는 소리는 우리가 낙타처럼 저항한다는 소리이고, 결국 우리가 낙타라는 소리잖아.

– 그런 뜻이 아니야. 아버지가 살아 계실 때는 순하고 애교 있던 낙타들이 트림을 하고 큰소리로 자꾸 우니까 그렇지.

– 형들이 몰래 골라 놓은 놈들은 잎사귀가 많은 골담초 쪽으로 옮겨 놓고 그렇지 않은 놈은 몹쓸 나무 곁에 낙타를 매어 두니, 한쪽은 살이 너무 쪄서 트림을 하고, 다른 한쪽은 제대로 못 먹어서 트림을 하는 것이잖아. 낙타들끼리도 서로 신경질을 내거나 서로에게 잘난 척을 하는 거잖아.

– 낙타들이 너처럼 자꾸 큰소리로 징징대지. 그렇지!

– 그러니까 우리가 낙타 같은 놈들이란 말이지.

– 아니, 낙타만도 못해. 낙타들은 다리를 접고 무르팍을 땅에 접고 온순하게 앉아 있을 줄도 알지만, 너희들은 아예 길길이 날뛰기만 하니까.

이렇게 해서 삼형제는 앞에 놓인 납작한 소쿠리의 음식을 쏟으면서 큰소리로 싸우기 시작한다. 무대 뒤에서 연출이 손을 흔들자, 무대 장치를 담당한 기호가 막을 내리는 줄을 잡아당긴다. 1부가 끝났다.

14

무대 뒤는 2막을 위한 준비로 부산하고, 무대 앞은 아이들의 잡담으로 시끄럽다. 1막은 나름 매끄럽게 진행된 편이다. 나는 예강이 왔는지 커튼 사이로 살짝 관람석을 살핀다. 연극 동아리 회원들 중에서 관람석에서 연극을 관람할 수 있는 사람은 그녀뿐이다. 대본 작업 후, 동아리에 모습을 드러내지 않았지만 예강의 존재감은 절대적이었다. 대본 작업이 워낙 잘 된 덕분에 우리는 계속 그녀를 칭찬했다. 공연 중에 배우들이 대사를 잃어버릴 경우, 대본을 몰래 읽어주는 도우미를 1학년 새내기로 정한 것도 예강이었다고 한다.

관람석에도 예강의 모습은 보이지 않는다. 커튼 틈새로 보이는 것은 축구공 하나 때문에 우리 반 학생들과 사이가 틀어진 1반 학생들이다. 교장 선생님은 통 이름으로 '소통'을 낸 1반과 '말통'을 낸 우리 반을 공동 우승으로 결정하셨다. 통 이름은 '소통 말통'으로 명명되었고, 부상으로 우리 반과 1반에게 축구공 하나를 수여했다. 하나 더 사서 두 반에 각각 하나씩 주면 좋으련만, 축구공 하나를 두 반이 공유해야 하다니! 학생들 마음은 축구공처럼 둥글둥글하지가 않다. 새 공으로 어느 반이 먼저 축구를 할 것인가를 두고, 두 반의 반장이 기싸움을 하고 있는 상태이다. 다른 때 같으면 이런 정도야 충분히 양보할 수 있지만, 이상하게도 우리 반과 1반은 사사건건 경쟁 관계로 지내왔다. 하필이면 이번에도 자존심 싸움을 하게 된 것이다. 1반 학생들은 통 이름에서 '소통'이 먼저 오고 '말통'이 뒤쪽에 오니까 자기 반이 먼저 축구공을 사용하겠다고 주장하고 나섰다. 우리는 가위바위보나 제비를 뽑아 우선권을 정하자고 주장하고 있다. 공동 우승이란 이렇게 피곤한 것이다. 우리 반 학생들은 커튼 사이의 시야에서 벗어난 곳에 앉아 있을 것이다. 예강은 무대 앞쪽에 앉아 있을 예정이었는데, 우리 반에 합류해서 앉은 모양이다. 관람석을 스캔하지만 시야에 좀처럼 들어오질 않는다. 나는 2막에 필요한 물건들을 순서대로 놓았는지 다시 챙겨 본다.

그때, 교문 입구 초소에서 외부 차량을 통제하는 일을 주로 하는 지킴이 선생님이 무대 뒤로 들어왔다. 그는 연극 준비 과정에서 어른의 손길이 필요할 때마다 도와주신 분이었기에, 이번 연극의 스텝이나 다름없다. 하지만 그가 지금 도울 일은 없는 상황이어서, 그의 등장은 좀 의외다. 외부 손님들이 오는 날이니, 더욱 학교 입구를 지키고 있어야 할 분이다. 연출 담당 인호를 찾느냐고 묻으니, 나를 찾아왔단다. 그는 윗옷 주머니에서 꺼낸 작은 봉투를 내민다. 영문을 몰라 하자, 눈을 찡긋한다.

"예강이 전해주라고 했어."

지킴이 선생님은 내 얼굴에 어떤 변화가 일어났는지 보고 말았을 것이다. 순식간에 내 눈동자가 커지고 입이 벌어졌기 때문이다.

"예강이 일주일 전쯤에 나에게 맡겼어."

"왜 바로 건네주지 않으셨어요?"

엎드려 큰절이라도 하고 싶은 지킴이 선생님에게 나도 모르게 볼멘소리를 뱉고 만다. 가슴이 너무 펄떡거려 진정이 되지 않은 탓일 것이다.

"나는 시키는 대로 했어. 내가 이런 것 잘 전해주지 않는 것 알지. 이번은 특별한 케이스야. 지금 보지 말고, 연극이 끝나고 나서 보라고 예강이 부탁하던데."

"지금 읽으면 안 된다고요?"

지킴이 선생님은 단호하게 고개를 끄덕인다. 나는 되도록 담담한 표정을 지으며 말한다.

"네. 지금은 볼 시간도 없어요. 곧 2막이 시작되거든요."

기쁨과 놀라움에 소스라치듯, 나는 2막이 올라가는 징을 눈을 질끈 감고 크게 울린다. 징의 떨림이 내 기쁜 감정을 타고 천장까지 치솟아 실내를 압도한다. 아, 됐다. 그녀도 나를 만나고 싶어 한다. 나는 봉투가 든 바지 주머니께를 손으로 쓰다듬는다. 몸이 붕붕 날아오를 듯해서 발밑을 내려 보며 조심한다. 환희가 끝없이 얼굴로 올라오고 있다. 막이 완전히 올랐다. 무대 배경은, 잉크를 쏟아 부은 듯 검푸른 하늘에 별들이 쏟아지고 있을 것이다. 열여덟 마리의 낙타들이 네 다리를 접어 땅바닥에 포개고 앉아 있을 것이다.

– 목말라.

– 나도.

삼형제에게 소외된 낙타들이 한쪽에 무리지어 갈증을 호소하고 있다.

– 아니 낙타가 목말라하면 어떻게 해? 낙타는 이십일 동안은 물을 마시지 않아도 끄떡없어야 낙타지.

피둥피둥 살찐 낙다들이 목말리하는 낙티 들 을 비웃는다.

– 우리는 물을 제대로 마시지 못한지 이십일이 넘었어. 사람들이 우리에게는 신경을 쓰지 않아서 이렇게 힘들게 버티고 있어. 제대로 물은 주고 싸워야 할 거 아냐.

– 네 등에 저장한 물도 다 쓴 모양이구나.

– 사람들은 우리가 혹에 물을 저장한다고 하지만 사실은 그렇지 않아. 우리는 물을 한번 마실 때 2리터까지 마실 수 있고, 그때 우리 몸의 적혈구가 2.5배까지 부풀어 올라 물을 저장할 수 있게 되지.

– 네가 어떻게 적혈구를 알아. 넌 낙타야.

– 낙타라도 알 것은 알아. 지난번에 온 동물학자가 우리를 여러 날 관찰할 때 있었잖아. 그때 그 사람이 그런 이야기를 하더란 말이지.

– 낙타들이 어떻게 숨을 쉬는지 연구하러 왔던 사람들?

– 응, 우리가 숨을 쉴 때도 물이 몸에서 빠져나가지 않도록 목구멍의 털이 조절해준다고 했잖아. 우리도 모르는 사실을 인간이 알아내는 것 보면 신기하지.

– 낙타 10번, 네 등의 혹이 작아진 것 같아.

낙타로 분장했던 학생들의 등은 푹 꺼져 있다. 예강은 낙타의 등을 '육봉'이라고 부른다 했다. 잘 돌보아주지 않은 낙타들의 육봉이 점점 작아지고 있다. 육봉이 거의 다 꺼져버린 낙타 10을 보며, 다른 낙타들이 놀린다.

– 낙타 10번! 네 등에 혹이 없으니, 더 이상 낙타 같지 않고 '말'처럼 보여!

낙타 10은 울상을 지으며 자신은 말이 되고 싶지 않다고 한다. 말은 빨리 달려야 하는데, 그렇게 빨리 달리는 동물이 되고 싶지 않다는 것이다. 달리기는커녕 서두르고 싶지도 않다고 하소연한다. 친친히 걷는 낙티로 있고 싶다며 운다.

– 하기야 사막에서는 빨리 달릴수록 어리석어질 뿐이야.

10번 이외에도 소외된 낙타들은 자신의 육봉이 점점 가라앉는 것 같다며 걱정스러워한다. 육봉이 사라지면 말로 착각하고 빨리 달리라고 종용받을 수도 있기 때문이다. 그러자 낙타 2가 말한다.

– 사람들은 겉모습만 보고 판단하는 경우가 많으니까, 충분히 그럴 수 있어.

낙타 2의 말에 관람석은 폭소를 터뜨린다. 이번에는 학교의 학생들이나 외부에서 온 손님들이나 함께 폭소를 터뜨린다. 낙타 2의 역할을 맡고 있는 인물이 병호였기 때문이다. 병호는 우리 학교에서 가장 몸집이 큰 학생이다. 그는 삼형제가 제공한 과다한 먹이로 몸집이 가장 비대해진 낙타의 역할을 맡고 있다.

– 삼형제는 내가 가장 튼튼하다고 전부 욕심을 내지. 그래서 첫째도 먹이를 주고 둘째도 먹이를 주고 셋째도 먹이를 주니, 하루에 몇 번이나 식사를 해야 하는지 몰라. 식사가 아니라 고문이지. 더구나 끼니마다 듬뿍듬뿍 주니 이제는 비대해져서 제대로 움직이기도 힘들어. 본래 육봉이 하나였는데 두 개가 되고 말았어.

리허설 때 보니, 병호의 큰 덩치에 두 개의 육봉이 달린 모습은 가관이었다. 그 생각이 나서 미소를 짓고 있는데, 순간, 연출 담당 인호가 커튼 사이로 무대를 내다보는 모습이 눈에 들어온다. 예기치 않은 상황이 벌어진 것 같았다.

– 이렇게 살이 찌니 사람들이 이제 나를 '사십 대'로 볼 거야. 너무 슬퍼. 하지만 난 사십 대가 아니야. 아직 이십 대도 되지 않았는걸. 나를 사십 대라고 부르지 말아줘.

낙타 병호의 말을 들으며 나도 소스라친다. 대본에 있지 않은 대사다! '사십 대'는 우리가 병호를 부르는 실제 별명이다. 인호는 정해진 대사에 없는 애드리브를 치고 있다. 친구들 사이에서 놀림을 하도 많이 당해서 병호는 평소 자기 표현력이 약하고 친구들에게 밀리는 성격이다. 그런데 무대 위에서 자신의 몸집이 큰 것에 대한 고통을 토로한다. 연출 인호가 커튼 사이로 무대를 주시하면서 낙타 병호의 말에 집중하고 있다. 관람석은 어느 때보다 조용해져 낙타 병호의 말이 나에게도 잘 들린다.

– 낙타들은 스물다섯 살 정도 밖에 살지 못해. 아니 아랍 나이로는 서른세 살까지 산다고 하니 다른 계산법을 가지고 있지. 그런데 내가 사십 대 낙타라고 부르면 난 죽은 것이나 다름없어. 너무 잔인해. 나는 이제 겨우 십 대의 청춘이거든

그때 관람석에서 박수가 터져 나온다. 동시에 "앞으로는 안 놀릴게"라고 소리친다. "우린 청춘이잖아"하는 소리도 들린다. 아이들의 박수소리가 또 쏟아져 나온다. 연출 담당 인호가 커튼을 쥐고 웃는 옆모습이 보인다. 나도 안도의 숨을 내쉰다. 낙타 병호의 애드리브를 들으니, 그를 괴롭힌 것이 마음에 걸린다. 우리는 별생각 없이 그를 '사십 대'라고 불렀다. 우리는 병호가 얼마나 상처받는지 알지 못했다. 그저 농담이

라고 생각했다. 비로소 외모로 타인을 괴롭히는 것이 잔인하다고 느껴진다.

이때 낙타 4가 낙타 병호에게 말한다.

– 우린 등에 육봉을 하나 밖에 가지고 있지 않지만, 너는 두 개나 가지고 있으니 쌍봉 낙타잖아. 누구보다 많은 짐을 등에 실을 수 있으니 앞으로 너는 누구나 탐내는 낙타가 될 거야. 육봉이 가장 크고 게다가 쌍봉이니 우리 낙타들 사이에서 가장 훌륭한 낙타지. 모든 쌍봉 낙타가 짐을 잘 싣는 것은 아니니까, 훌륭한 낙타가 되려면 부지런히 훈련해야만 해. 사막에서는 천천히 오래 걸을 수 있어야 하니까.

– 그래, 나도 앞으로는 많이 걷도록 할게.

– 사막에 사는 사람들은 낙타는 천천히 오래 걷는 동물이라는 것을 잘 알고 있잖아. 한데 최근 도회지에서 온 사람들은 우리를 보고 자꾸만 빨리 걸으라고 하잖아. 우리는 아예 처음부터 천천히 걷는 동물이라고. 그것이 사막에서 가장 잘 걷는 방법이니까. 지난번에 지프차를 끌고 와서 잘난 척하던 인간이 모

래에 바퀴가 빠져 꼼짝하지 못하는 거 봤지? 사막에 와서는 바퀴의 바람을 많이 빼줘야 하는 것도 모르고 도리어 빵빵한 타이어라고 자랑하더니, 그렇게 됐잖아.

– 이곳의 시간은 우리의 걸음과 함께 흐르지. 우리는 서두르지 않아. 하지만 최선을 다하지. 그래서 항상 맨발이야. 사막에서는 바쁠 것이 없어. 바빠 봤자 소용없는 짓이지. 사막에서는 다르게 살아가는 법을 배워야 해.

– 우리는 아무 소리도 내지 않고, 울지도 웃지도 않고, 곁눈질도 하지 않고, 그저 타박타박 걷는 거지.

그때 텐트 안에서 삼형제의 싸움 소리가 낙타들에게까지 흘러나온다. 아버지 생전에는 삼형제가 교대로 낙타를 몰면서도 항상 3번 낙타를 선봉에 세웠다. 3번 낙타를 선봉에 세우고 방향을 정해서 몰이를 해주면, 나머지 낙타들이 그 첫 번째 낙타를 따라갔던 것이다. 그런데 삼형제는 최근에 그것이 제대로 지켜지지 않는다고 싸우고 있다.

– 형은 자신이 점찍어 놓은 낙타 7을 제일 앞에 세우잖아. 그 낙타는 선봉에 설 자질이 못돼.

– 뭐라고? 내가 낙타 몰이꾼으로 자질이 없다고?

삼형제가 교대로 몰이꾼을 할 때마다 나중에 자신의 유산이 되었으면 하는 낙타를 맨 앞에 세웠다. 장남은 7번 낙타를, 차남은 8번 낙타를 선두에 세웠다. 막내는 12번 낙타를 선두에 세웠다. 삼형제의 싸움 소리를 듣고 있던 낙타들도 이제야 생각난다는 듯 서로를 탓하기 시작한다. 선두를 서왔던 7번 낙타는 8번 낙타가 제대로 길을 잡지 못했다고 탓하고, 8번 낙타는 너처럼 선두를 잡으면 갈 길이 더 멀어진다고 탓한다. 12번 낙타는 선두를 제대로 잡을 줄 몰라서 앞장서고 싶지 않은데, 맨 앞에 세우니 어쩔 수 없다고 말한다. 선봉에 대한 기준이 깨지다보니, 낙타들 사이의 서열 관계가 다 무너져 서로를 비난하고 싸우는 것이다. 텐트 안에서는 삼형제가 싸우고, 텐트 밖에서는 낙타들이 싸운다. 텐트 안에서는 극한 말이 오간다.

– 그러면 낙타들을 다 팔아 돈으로 나눠 가지자.

삼형제가 화가 나서 지르는 소리를 듣고 낙타들은 화들짝 놀란다. 청천벽력 같은 소리다. 세상이 많이 변해서 요즘에 팔려 가면 이웃집이나 건넛마을에 팔려 가는 정도로 그치지 않는다. 요즘 팔려 가면, 낙타 사파리의 여행객들을 실어 나르거나 동물 서커스단에 들어가서 재간을 부려야 할지도 모른다. 삼형제가 정말 낙타들을 다 팔아 돈으로 나눠 가지면, 낙타 가족들은 전부 뿔뿔이 헤어져야 할지도 모른다. 팔려 간 낙타 중에 사람들 앞에서 레슬링 경기를 해야 하는 경우도 있다고 들었다. 그럴 때는 한쪽이 주저앉을 때까지 싸워야 하는데 그것처럼 못할 짓도 없다고 했다. 자신을 보호하기 위해 모래사막의 태양이나 길을 잃게 만드는 모래바람과 싸우는 것도 아니고, 부족한 물이나 자신의 인내심과 싸우는 것도 아니고, 같은 낙타끼리 때리고 맞고 싸워 이겨야 하는 것은 생지옥이라고 했다. 게다가 수컷 낙타들이 잘 싸우려 들지 않으면 곁에 암컷 낙타까지 세워두는 잔인한 일을 한다고 했다. 그뿐만이 아니었다. 동물 서커스에서 불붙은 링을 마구 통과해야 했던 낙타와 관람객이 주는 과자와 사탕만 쏙쏙

빼먹는 낙타가 다시 이곳으로 돌아왔다. 그런 낙타는 이빨이 다 썩어서 음식을 제대로 먹지 못했다.

– 재도 팔려 갈 뻔했잖아.

낙타들은 몸에 N이 그려져 홀로 말라가고 있던 낙타를 떠올린다. 삼형제가 팔아버리려고 했던 낙타였는데, 그때는 남의 일처럼 전혀 신경 쓰지 않았다.

– 우리가 너무했어. 재는 태어날 때부터 고아가 되어 가여운데, 어쩌다가 N까지 둘러쓰고 살아야 하다니…… 안쓰럽다. N낙타를 위로해주러 함께 가자. 재는 알고 있을 거야. 어떻게 해서 몸에 그런 낙인이 찍혔는지, 삼형제 중의 누가 그런 몹쓸 짓을 하고 누가 거짓말을 하는지 물어보자.

낙타들이 모두 N낙타에게로 다가간다. 그들은 너무나 말라서 알아보기 힘든 N낙타를 발견하고 후회한다. 그들은 N에게 물도 마시고 먹이를 먹으라고 타이른다. 하지만 N낙타는 갑작스러운 이 변화를 수상해하면서 그들을 믿지 않는다.

믹이도 입에 넣지 않는다. 가장 나이가 많은 낙타가 구급 처방을 해야 할 것 같다고 말한다. 그러자 그들은 N낙타를 가운데 두고 둥글게 모여 선다. 그들 중의 한 마리가 노래를 부르기 시작한다. 이 노래는 낙타의 노래가 아니라 사람의 목소리로 부르기로 약속했기에, 우리 학교에서 노래를 가장 잘하는, 대학 가서 성악을 전공할 계획인 철우가 맡았다. 상처받은 몸과 영혼을 위로하는 깨끗하고 맑은 음색의 노래다. 관람객들은 노래가 끝나자 강당이 떠나갈 듯 우렁찬 박수를 친다. 비로소 마음이 풀린 N낙타는 동료들의 질문에 순순히 대답한다.

– 내 몸에 누가 낙서를 했느냐고? 아무도 안 했어.

– 그게 무슨 말이야? 삼형제 중의 누군가가 욕심 때문에 너를 이렇게 볼품없게 만들었잖아.

– 내 몸을 자세히 봐. 검은 글자가 아닐 거야. 내 몸이 너무 말라서 몸의 굴곡이 생긴 것이지. 푹 파인 몸의 굴곡이 만들어낸 검은 그림자가 그렇게 보인 거야.

무대 위의 낙타들은 N낙타를 자세히 들여다보고 있을 것이다. 나는 손을 넣어 바지 주머니 속의 봉투를 만지작거리고 있다. 연극에 집중해야 한다.

– 정말이네. 검은 물감이 아니라 말라서 굴곡이 생긴 거네. 더구나 글자 모양이 N도 아니고 Z도 아냐. 도리어 S 모양이야. 너무 말라서 볼품은 없지만 S라인을 가진 것 같아.

– 그래. 앞으로는 잘 먹을게. 그러니까 나를 왕따 시키지 말아줘. 왕따 시키는 사람은 나중에 자신도 왕따가 되고 말거야.

– 맞아. 우리는 얘만 팔려 갈 줄 알았잖아. 이제는 우리 모두 팔려 가야 할 처지에 놓였어. 잘못되면 가족도 뿔뿔이 헤어지게 생겼어. 어떻게 하면 좋지? 옛날 주인님이 살아계실 때처럼 삼형제도 의좋게 잘 지내고, 우리도 잘 지낼 수 있는 방법이 없을까?

– 우리가 싸우는 척하면 삼형제가 정신을 차릴까? 아니면 미친 척할까? 귀 한쪽을 잘라버린다든지.

– 귀를 지른다고 다 고흐처럼 사는 것은 아냐.

– 얘는 무슨 말하니? 이외수 씨 흉내 낸다고 소설가가 되는 건 아냐.

– 정말 삼형제의 생각대로 우리 중에 하나가 없어지면 문제가 해결된다고 생각해?

– 아니. 한 마리가 집 한 채 값인데 포기할 리도 없지만, 그들은 아버지의 유언대로 온전하게 나누려고 할 거야. 그것이 유언의 조건이잖아. 한 마리가 없어진다고 해도 문제가 해결되지 않을 거야. 지금 말할 수 없지만…… 더 큰 문제가 생길거야. 통 입맛이 없더니 내가 신 것이 조금 먹고 싶네.

– 요즘 삼형제는 말로만 싸우는 것 같지 않아. 몸싸움도 하는 것 같아. 인간들은 낙타들보다 존엄이 부족한 것 같아. 우리는 어떠한 경우에도 몸으로 싸우지 말자.

관람석 이곳저곳에서 박수가 터져 나온다. 낙타들은 더 이상 싸우지 않고 예전처럼 삼형제가 잘 지내는 방법이 없을까 고민하기 시작한다. 조용히 하늘을 보던 낙타가 말한다.

– 사람들은 왜 이곳에만 오면 별들이 많다고 하는 것일까? 머리 위에서 반짝이는 별들은 이곳이나 마을이나 대도시나 똑같을 텐데 말이야.

– 사람들이 사는 곳은 무언가가 가려 별들이 잘 보이지 않는 모양이야.

– 저렇게 쏟아지는 별들을 볼 수 없는 인간들이 가엾다. 인간들에게 별이 가려지지 않는 방법을 알려 주면 좋을 텐데.

– 그것이 뭐야?

– 사막에서 별이 빛나는 것은 우리가 바라보고 있기 때문이야. 대도시에는 바라봐주지 않으니 별이 반짝이지 않는 거지. 싸움이 생겼을 때도 서로 바라봐야 하지. 서로 외면하면 갈수록 더 싸우게 되지. 삼형제도 서로 바라봐야만 해. 서로 바라보

고 이야기하면 좋은 해결책을 찾을지 몰라.

– 인간들은 저렇게 아름다운 별을 보면 사랑에 빠진다고 하더라. 우리도 서로 사랑하자.

– 아, 정말 저 위에 보석처럼 뿌려 놓은 별들이 은하수야. 별들의 강이라는 뜻이지.

– 그것은 교과서에서 나오는 문구 아냐?

낙타들은 서로 사랑하기 위해 무엇을 해야 하는지 논의한다. 그들이 찾은 해답은 무릎을 꿇는 일이었다. 낙타가 다른 동물과 다른 점은 무릎에 두꺼운 굵은 살이 박혀 있는 것이다. 사막의 거센 모래 폭풍이 휘몰아칠 때 낙타는 조용히 무릎을 꿇고 '시련'이 지나가기를 기다린다. 그래서 '낙타 무릎'이라는 표현이 생긴 것이라고 말한다.

– 그래. 다들 무릎을 꿇고 기다리자.

조용히 하늘을 보던 낙타가 말한다. 무대 배경으로 별들이 반짝이는 강물처럼 흐르고 있다. 나는 주머니에 들어있는 예강의 편지를 만지작거린다. 연극이 끝나면 보라고 했지. 나는 조금이라고 기쁨의 시간을 늘리고 싶어서 마지막 순간까지 기다려 아껴 읽을 생각이다. 이렇게 설렐 수 있다는 것이 믿어지지 않을 정도다. 나는 다시 3막의 징을 온 힘을 다해 울린다.

15

사막에 죽음의 바람이 몰아닥치기 시작한다. 내가 준비한 음향 중에서 가장 강력하고 무서운 소리를 내보낸다. 회오리바람과 함께 무서운 황사가 몰아닥친 것이다. 고요한 사막이 회오리바람으로 인해 순식간에 변해가는 모습을 잘 표현하기 위해 나는 준비 과정에서 수많은 시행착오를 겪었다. 실제 바람이 많이 부는 날 녹음한 소리를 다시 들었을 때는 겨우 물 끓는 소리로 들릴 정도였다. 나는 빨래판을 막대기로도 긁어보고 벽을 손톱으로도 긁어보았지만, 사막의 모래를 뒤덮는 바람 소리를 표현하기에 충분치 않았다. 동아리 회원들이 비슷하다고 말해도 나는 전혀 비슷하게 느껴지지 않았다. 그러다가 정말 몹시 바람이 부는 날의 바람 소리에 세탁기 돌아가는 소리를 합성하니 모래가 뒤집히며 괴물이 춤을 추는 듯한 이미지가 연상되면서 원하던 바람 소리가 되었다. 세상의 모든 것을 덮어버릴, 분노나 인간의 사소한 언쟁은 순식간에 덮어버릴 그런 바람 소리였다. 내가 내보내는 장중하고 거친 사막의 바람 소리에 관람석도 긴장하고 있다.

낙타들은 뜨거운 모래바람이 눈 안으로 자꾸 들어오려고

한다면서 촘촘한 긴 속눈썹을 계속 깜박거린다. 삼형제는 아궁이에 커다란 솥을 걸어 놓고 최대한 많은 양의 물을 끓인다. 무대 장치를 담당한 기호는 모래바람을 내보냈다가 수증기를 내보냈다가 이를 반복하느라 바쁘게 움직인다. 관람석에서는 삼형제가 왜 많은 물을 끓이는지 모르고 지켜보고 있을 것이다. 그것은 사막의 가습기와 같은 역할을 위해서다. 집안에 수증기가 가득해질 정도로 끓이면, 공기의 밀도가 달라져 모래 먼지가 한 톨도 집안으로 들어오지 않기 때문이다. 황사가 모두 집을 비켜가기 때문이다. 관람객에게 이 사실을 설명하지 않는 것은 이러한 사막에 관한 지식보다, 삼형제가 서로 힘을 합쳐 위기에 대응하려는 순간을 보여주기 위해서이다. 무대 전체가 뿌옇게 수증기로 가득 찬 상태에서, 삼형제의 대화가 다시 시작되고 있다.

– 형! 사막에 왜 이렇게 모래 태풍이 많아진 것 같아? 우리 어릴 때는 이런 위험한 바람은 별로 없었던 것 같은데.

– 요즘 사람들이 낙타를 키우려고 하지 않아서 그래.

– 그게 무슨 말이야? 우리가 제대로 낙디를 돌보지 않아서 이런 모래 태풍이 분다고 또 나무라는 거야?

– 그런 뜻이 아냐. 옛날 우리 할아버지가 살아 계셨을 때, 너희 둘은 어려서 할아버지를 기억하지 못하겠지만, 아니 막내는 아예 할아버지를 본 기억도 없지. 옛날 할아버지로부터 들은 이야기인데, 옛날 우리 조상들은 사막에서 대략 다섯 종류의 짐승을 길렀대. 소와 양, 말과 당나귀, 그리고 낙타. 그중에서 양이 가장 많았지만 다른 놈들도 조금씩 꼭 길렀어.

– 왜?

– 이 다섯 종류의 동물은 좋아하고 잘 먹는 풀이 서로 다르기 때문이지. 그런데 요즘은 돈을 벌기 위해 양과 소만 많이 키우지 낙타는 점차 키우지 않으려고 하잖아. 그렇게 되면 양들은 풀뿌리까지 파먹어 버리고 우리 낙타들이 맛있게 먹어 치우던 골담초는 점점 번져서 사막이 골담초 투성이가 되어 버리지.

– 맞아. 집안 대대로 내려오는 낙타들만 키우는 우리를 보고

손가락질하는 이웃도 있어. 이번 기회에 아예 낙타를 팔아버리고 양을 키우라고 조언하는 사람들도 있지.

– 사람들이 양과 소만 키우니 풀들이 말라버렸어. 낙타들이 좋아하는 골담초만 무성해졌지. 이 주변에는 풀이 없어서 이제는 양들을 키울 수도 없게 되었어. 결국은 생명을 키우지 못하는 사막이 되어 버렸지. 사막도 풍요로운 사막이 있고 풍요롭지 못한 사막이 있잖아.

– 골담초가 많아지면 우리 낙타들에게는 좋잖아.

– 골담초만 많아지면 뭐해. 저렇게 사막이 황량해져 버렸는데. 지금 저 모래바람에 무릎을 꿇고 있는 낙타들이 좋아 보이니? 사막이 너무 황폐해서 낙타들도 더 견디기 어려운 모래바람에 휩싸이게 된 거야.

– 그것보다 더 심각한 것은 모래땅을 사용하는 방법이야. 예전에는 땅을 나누어 가지지 않았기에, 함께 써야 하는 땅이기에, 그 누구도 함부로 쓰지 않았지. 내 이웃과 함께 쓸, 혹은 후

손에게 물려줄 땅이라고 생각했기에 함부로 쓰지 않았지. 게다가 양이나 소를 방목하다가 풀이 완전히 고갈되거나 땅이 나빠지기 전에 다른 곳으로 이동하면 되는 거였어. 다른 곳은 또 풀이 자라있으니 걱정이 없었단다. 하지만 지금은 사람들이 땅을 모두 나누어 가지고 있기 때문에 문제가 생기면 해결책이 없어. 어떤 사람은 자신의 땅을 잘 가꾸지만 어떤 게으름뱅이는 아무렇게나 내버려두니까. 그러니 갑자기 가물어 풀이 나지 않으면 다른 곳으로 이동할 수도 없고, 양들도 땅도 더 이상 손쓸 수 없는 상태가 되어 버리는 거야.

– 사막은 나누지 않고 같이 공유하면 모두에게 이익이네.

– 형, 우리도 그동안 땅을 잘 가꾸지 않았어. 아버지가 돌아가시고 나서 슬픔에 빠져서 그랬던 것 같기도 해. 아, 그런데 우리 아버지의 시신이 보이지 않는다.

– 형, 모래가 아버지의 시신을 다 묻어버린 것 같아. 아버지가 어디쯤에 묻혔는지도 잘 모르겠어.

– 모래바람이 끝나고 나면, 아버지의 시신을 같이 찾아보자.

– 돌아가신 아버지도 저렇게 묻어버리니…… 모래 태풍이 몰아닥치니 너무 무서운 느낌이 들어. 형들이 없었으면 나는 두려워서 울었을 거야.

– 막내야. 네가 날아가지 못하도록 첫째 형이 잡아줄 테니, 걱정하지 마.

– 막내야. 네가 날아가지 못하도록 둘째 형도 잡아줄 테니, 걱정하지 마.

– 그런데 형들, 어제 내가 보니까 N모양이 그려졌던 낙타가 혼자 있지 않고 다른 낙타들이랑 같이 있는 것을 봤어. 다른 낙타들이 맛있는 골담초를 알려 주기도 하는 것 같아.

– 그래. 요즘 낙타들의 행동이 많이 달라졌어. 아버지가 돌아가시고 나서 서로 신경질도 많이 부리고 많이 싸우는 것 같더니, 최근에는 모여 있고 조용히 무릎을 꿇고 있기도 해. 마치 기

도하듯이 말이야.

– 이런 모래 태풍이 불어 닥칠 것을 어쩌면 미리 알았을지도 모르지. 짐승들은 자연의 변화를 먼저 느끼니까 말이야. 위기가 오면 짐승도 저렇게 서로를 돌보고 뭉치는 것 같아. 우리도 잘 뭉쳐 이 위기를 극복하자.

– 그런데, 저 낙타의 몸에 그려진 글자 N이 사라진 것 같아. 글자가 언제 지워졌을까? 너희들이 지웠니?

– 아마 모래에 뒤덮어서 보이지 않게 된 것은 아닐까.

– 그래. 이 기회에 그 글자가 없어졌으면 좋겠다. 본래는 아주 좋은 낙타였잖아. 잘 걷고 잘 달리기까지 하지.

관람석의 몇 학생들이 폭소를 터뜨린다. 잘 달린다는 것은 담임의 낡은 자동차를 비유한 표현이기도 하다. 관람석의 담임 선생님도 웃고 계실 것이다.

– 아버지는 왜 열여덟 마리의 낙타를 우리에게 남기셨을까? 본래 열일곱 마리였는데, 돌아가시기 직전에 한 마리를 더 사서 우리에게 유산을 남겨 주셨거든. 왜 한 마리를 더 샀느냐고 여쭈었더니 아버지가 대답하셨지. 우리 재산은 열여덟 마리가 전부가 아니다. 나중에 그 두 배가 될 수도 있을 거야.

– 형, 저 암컷의 배가 부른지 좀 됐어. 우리가 다른 것에 정신이 팔려 저 암컷이 새끼를 가진 것을 몰랐던 거야.

– 그렇게 되면 열아홉 마리가 되겠네. 와!

– 그럼 우리 재산이 더 많아졌잖아. 낙타 열여덟 마리가 아니라 이제 열아홉 마리를 어떻게 나누어야 할지 고민해야겠네.

– 아버지가 한 마리를 다른 집에서 데려온 것은 혈통이 다른 유전자를 이용해서 더 튼튼한 새끼를 낳으라고 데려오신 거야. 앞으로 우리가 가진 낙타들이 좋은 새끼를 낳으려면 이들이 함께 있어야만 해. 우리가 나눠서 갖게 되면 좋은 새끼들을 얻을 수 없게 될 거야. 아예 새끼들을 더 얻을 수도 없을 거야.

– 사막을 공유하면 모두에게 이익인 것과 같은 이치네. 우리가 열심히 돌보면 튼튼한 새끼들을 더 많이 낳겠네. 앞으로 싸울 필요도 없겠어. 남거나 모자람 없이 제대로 유산을 나눌 수 있는 숫자가 될 때까지 기다리면 되지 뭐.

연극은 거의 막바지다. 나는 슬그머니 주머니에 들어있던 봉투를 꺼낸다. 얼마나 간절하게 이 순간을 기다려왔던가. 이제 연극을 위해 내가 해야 할 일은 거의 끝났다. 엔딩 음악만 틀어주면 된다. 예강은 어쩌면 연극이 끝나고 나를 만나고 싶어 할지도 모른다. 연극의 마지막 순서는 스텝과 배우가 무대에 올라 관람객에게 인사를 하게 되어 있다. 나는 숨을 깊게 쉬고 편지를 꺼내 읽는다.

문복에게

할머니를 뵈러 갔다가, 전날 네가 다녀갔다는 말을 들었다.
아버지께서 몇 년 전에 외국으로 발령이 난 이후로 부모님은
그곳에 쭉 계셨다.
어머니는 나를 데리고 그곳으로 갈 꿈을 계속 꾸셨다.
어른들은 나를 그곳에 있는 대학에 보낼 계획이다.
이 연극이 끝날 때쯤이면 이미 나는 그곳에 도착해 있을 것이다.
친구들에게는 나중에 알려 달라고 선생님께 말씀드렸다.

혼자 푸른 자전거를 탔다.

'네 자전거'는 할머니가 팔지 않을 것이라고 했다.
하지만 할머니는 갈수록 기억이 희미하시니
내가 돌아올 때까지 그 약속을 지킬 수 있을지 모르겠다.

내가 돌아올 때까지 할머니가 '네 자전거'를 팔지 않는다면,
그때도 체인이 지나치게 녹슬지 않아 자전거를 달릴 수 있다면,
그때는 우리가 함께 자전거를 탈 수 있으려나.

고물상에 내가 가고 네가 오는 날,
고물상에 네가 가고 내가 가는 날.
우리가 완전히 어른이 되기 전 어느 날.

- 미래의 고물상 여주인

연출 인호가 나에게 급하게 손짓을 하고 있다. 엔딩이 다가오는데, 넋을 놓고 있는 나를 본 것이다. 나는 후다닥 커튼 사이로 무대를 관찰한다. 무대 위에서는 삼형제가 낙타들과 서로 쓰다듬고 있다. 객석은 어둠에 잠겨 잘 보이지 않는다. 웬일일까. 춥지도 않은데 온몸이 부들부들 떨린다. 나는 천천히 예강의 편지를 접어 다시 주머니에 넣는다. 무대 위에서는 첫째 아들의 대사가 들린다.

– 그래. 내일 모래바람이 걷히면, 낙타들에게 골고루 좋은 먹이를 주자. 그리고 이번에 나오는 새끼의 이름은 '소통'이라고 부르자.

– 아니. 말이 잘 통하라고 말통이라고 하자.

– 아니, 소통이 나아.

– 아니. 말통이 낫다니까.

'별이 빛나는 밤에'라는 엔딩 곡을 트는 내 손이 심하게 떨린다. 정체를 모를 뜨거운 덩어리가 왈칵 솟구친다. 야속한 마음에 순식간에 무릎에서 힘이 빠져나간다. 위에서 끈이라도 잡아당기는 인형처럼, 내 의지와 상관없이 발이 자꾸 비척비척 댄다. 연출 인호가 팔꿈치로 눈가를 닦고 있는 것이 어룽어룽 보인다. 무대 위로 막이 내려오고 우레 같은 박수가 터져 나온다. 관람객들은 계속 박수를 쳐댄다.

이제 배우들이 인사를 하러 무대에 다시 나갈 차례다. 시체로 누워 있던 아버지가 벌떡 일어나 세 아들과 함께 인사를 하러 나간다. 그다음 탈을 벗은 낙타들이 우르르르 무대로 올라간다. 낙타들 속에서 같은 반 친구를 알아본 관람석에서 이름을 부르고 폭소가 터지고 휘파람을 불고 난리가 났다. 다음은 스텝 차례다. 연출가인 인호가 올라간다. 다음은 대본을 쓴 예강과 폴리 아티스트인 내가 무대에 올라갈 차례지만, 예강은 어디에도 없다. 나는 혼자 무대로 나간다. 크게 박수치는 관람석을 향해 깊게 고개를 숙인다. 연극은 끝났다. 나는 무거운 고개를 간신히 끌어올려 객석을 바라본다. 관람석에 앉은 니모가 나를 뚫어지게 보고 있다.

끝.